Jane，我们写信吧。

好啊，

写写我们热爱又痛恨的漂泊生活。

东海岸，西海岸

简安 孙赛赛 著

New York · Beijing · Berlin · Berkeley

The East Coast, The West Coast

San Francisco · California · Stanford

北京联合出版公司
Beijing United Publishing Co.,Ltd.

人生能有几回序?

本来这篇序是要流产的。我跟 Jane 说:“我实在写不出来了,要不放过我吧,你一个人写后记也挺好的。”Jane 说了一句:“人生能有几回序?”

于是我又坐到桌前了。

确实如 Jane 所写,我们的关系是外人看文字可能完全想象不到的。从认识到现在,除了次数不太多的见面,彼此联系很大程度靠写信。但这并不妨碍我跟她惺惺相惜,因为有的人你就是会觉得与他气味相投。

我现在还记得去柏林在她家玩的那天,是我少有的放空自己的日子(即使仍然在回工作消息)。Jane 当时的家就在柏林周末跳蚤市场 Mauer Park 门外。Mauer Park 是那种少有的毫无精品的破烂市场，我转了转之后就去她家了，在她家翻书，无目的地闲聊。到饭点了，就看着她忙活，她也说："我来就好，你帮忙反而会添乱。"于是，我只能干些简单的事情，比如点蜡烛、放瓶花、倒酒……然后就是欧洲节奏的一顿饭：吃吃喝喝、说说笑笑三四个小时。这真是我成年生活中难得的"躺平"时刻，不会紧绷着神经，也不太想工作，看着 Jane，就觉得生活仿佛不需要时间、计划，随遇而安就好。

我们写信的十年见证了 Jane 的海外旅居生活，她离开上海的家，先从美国东海岸跨大西洋去了伦敦，几年后又再次向东搬到了现在的柏林。Jane 的"漂泊史"仿佛是西方文明拓展史的逆旅，她从新世界回归了旧世界。而柏林，曾是旧世界的中心，也是其中最离经叛道的地方。也许，是因为她喜欢这种混乱和秩序的平衡。回看这十年，我觉得她越来越坦然，能很好地安排自己的情感、生活，这种知道自己要什么的感觉真好。

她是物理上的漂泊，我是心理上的放逐。疫情前，我的时间确实一半都在路上，有时甚至一个月就能飞地球一圈。我也喜欢这种在路上的感觉，可能因为我是水瓶座，喜欢变化，充满好奇心。疫情期间居然近三年没出国了，放到以前真的难以想象。虽然每天在国内忙碌，但我的内心一直有种漂泊感，不时想想是不是在平行世界中，我会喜欢 Jane 那样的生活。

现在是一种怎样的生活？编辑催稿时，我俩都忙到爆，我在忙着开会、加班，Jane 呢？在忙着奶娃……但这才是真正的生活啊！

我们写信，是在写给对方，但很多时候也是在写给自己。

我们都有那种跟主流保持心理距离的疏离气质，外人看着可能有些清冷，甚至高傲。但其实完全不是，看了这本书，你会发现，我们对这个世界、对生活本身，都饱含热情……

哪怕是烂到透的 Mauer Park，我们也会在拨开人群相遇的那一刻，绽放温暖的笑容。

孙赛赛

2024-07-10

The West Coast The East Coast,

我们写信，分享眼前的落叶
抑或告知脑海中划过的某个想法，

他讲着海岸、孤单与流逝，
我讲着流星、逃离与永恒……

2015-08-19

第一次见 SSS 是在飞机机舱里，187 cm 的他，卓尔不群，在我身后睡了一路。再一次见他，是在华盛顿，我们一起吃了顿西班牙饭，聊了聊这些年我们在世界各地的微醺和奇遇。前几天，我在纽约接到他的电话，他说，Jane，我们写信吧。我说，好啊，写写我们热爱又痛恨的漂泊生活。然后，他说，今天是七夕，我们的信，也写了爱情。

· Jane ·

2015-08-19

我和简安认识之前，她还没成为女作家（她的书《与疲惫生活的正面交锋》一出就卖得不错），我也没去GQ杂志工作。我俩每次见面吃饭聊的都是未上路的放逐梦和未实现的爱情愿望。

我俩是一起去南澳的时候认识的，但产生共鸣却是在纽约或加州。东西海岸之间，以下是我俩的通信，正巧赶上七夕，貌似也应情景。

· SSS ·

2015 年，同在北京的我俩。

目录

The East Coast, The West Coast,
东西海岸之间

-

2015-08-19

San Francisco·California·Stanford.

◂ Dear **SSS,**

我很少在夏天来到纽约，记忆中，上一个在纽约的夏天，下了一场超大的雨。我在林肯中心看了夜场的 *Before Midnight*（《爱在午夜降临时》），一整夜絮絮叨叨的电影后，走出电影院，被疾驰的黄色出租车浇得满身是水。我的朋友韫芊也满身是水，她恶狠狠地抱怨，纽约真是个天气恶劣的地方！冬天大雪，秋天飓风，夏天暴雨。不过，晴朗又舒爽的纽约夏天还是令人很着迷。这些年，我已经不再适应上海的潮热，也忍受不了“人在蒸笼里”的感受，还是觉得纽约和北京的夏天，暴烈舒爽。

昨天下午我在 Bryant Park Grill（布莱恩公园里的餐厅）的屋顶喝了两杯杧果 Magarita（玛格丽特鸡尾酒），醉醺醺地望向曼哈顿紧凑的 Skyline（天际线），楼下露天电影的座位安放得很可爱，Bryant Park 有郁郁葱葱的参天大树和修剪得十分整洁的草坪，白天露天电影的屏幕就空架着，公园里到处都是毛茸茸、金光闪闪的年轻人在喝东西、聊天。Bryant Park 是我在曼哈顿最喜欢的地方，我有事没事都会去 New York Public Library（纽约公共图书馆），然后到公园里去买杯冰啤酒或冻红茶。今天第一次来 Rooftop，换一个角度俯瞰，对 Bryant Park 的喜爱又增加了一些。我穿了一条蓝色的裙子，来来往往的帅哥会毫不吝啬地夸赞我，我喜欢纽约人脸上夸张的笑容和他们不转弯的冷淡。大城市出生的人不都是那样嘛。

这次来纽约前，我去了一次旧金山，被加州北部夏天的温度迷住了，早晚都穿着厚厚的外套。湾区那么迷人，几乎让我不再留恋东岸，但真的一下回到了东岸，我依然还是更熟悉这里模棱两可的诗意和行色匆匆的厌倦。

我去大都会博物馆看了“镜花水月”展览，华伦天奴的裙子华丽极了，边上的老太太在讨论，这裙子到底是什么颜色？是勃艮第红吗？我告诉她们，这就叫华伦天奴红。旧时的中国，真是时髦，那时候中国名媛的裙子、首饰，到现在还是耐看无比，不过，迪奥近几年的款式，跟 1960 年的巴黎世家简直一模一样。香奈儿能做出好看的青花瓷礼服，该有的含蓄都有。

你也经常来美国，不过除了上一次我们在华盛顿见过面，几乎再也没有机会碰头。如果在纽约碰到你，不知道我们会聊些什么呢？但我们一定也会像每一个在大城市出生的人那样，对这个又脏又乱又自由的城市评头论足一番吧。

Regards,

Jane

湾区那么迷人，几乎让我不再留恋东岸，

但真的一下回到了东岸，我依然还是

更熟悉这里模棱两可的诗意和行色匆匆的厌倦。

▸ Hi Jane,

提笔写这封信的时候，我刚坐上飞往旧金山的飞机。感觉你在的纽约是另一个世界。我正好几次去纽约都住在Bryant Park附近，你常去的公共图书馆我也喜欢，不知咱俩有没有坐过同一级台阶？

我还喜欢过马路到公园对面不起眼的纪伊国书屋。虽然卖的也有英文书，但里面清冷的气氛和寡淡的陈设也与这时代广场的转角格格不入。我喜欢这种闹市中的抽离，让我不至于在人潮汹涌、大家都步履匆匆的纽约感到那么大的压力。这个位置很好，适合我小做调整，仿佛要深呼吸一下，才能推开门应对时代广场的光鲜。

每次来这里，我也会去时代广场4号的康泰纳仕总部，这里是终极 PK 之地。你知道的，这里是我的媒体梦想。不过，每次去我也都没联系美国同事，只是安静地摸摸门牌而已。有次在大堂看到展出的获得美国杂志奖的一篇篇文章，心中无限羡慕和感慨……

还是在时代广场，我跟朋友去看沈伟（北京奥运会开幕式创意策划，《华盛顿邮报》称他是“我们时代最伟大的艺术家之一”）的现代舞团彩排。你肯定也会和我一样惊讶，在时代广场、百老汇这种寸土寸金的地方怎么能辟出场地供这种非营利的现代艺术舞团排练？但这种商业和艺术的共生共荣才是百老汇的精神所在，也是美国的多样性所在。不过，跟在这座城市打拼的绝大多数人一样，普通舞者也是住不起马恩岛的。他们大多合住在通勤个把小时开外的地方……

看着被汗水打湿衣衫的舞者们，我又想到几年前在从里斯本去加那利群岛的游轮上遇到的一个演员。他长得很帅，感觉放在好莱坞也是能成名的那种人，看到他的简历后，我也吓了一跳，他一身才艺多到各种乐器、舞蹈（甚至钢管舞）都会。我问他为什么到船上来演出，他说因为他在百老汇应聘时把钱花光了，于是只能来船上。这几年他多半时间都在船上，赚够生活费后再回到纽约与其他来到这里的年轻追梦人一起竞争，一起进行终极PK……沈伟跟我说，纽约是一切游戏的最终关卡，一切都要在这里做个了断。我看着舞者们富有律动的步伐出了神，不知那位心向百老汇的男人现在是否还漂泊在海上，还是回到纽约又一次将自己投向梦想的大潮……

而我，一样只是默默地一次又一次到时代广场4号摸摸门牌。跟他相比，我太胆小了。

Yours,

SSS

401

◂ Dear **SSS,**

今天我在 West Village（纽约西村）吃日本拉面，然后和我的朋友鸽子买了杯咖啡坐在街角聊天。鸽子是个炫酷的北京姑娘，一位艺术家。跟咱俩一样，她也是水瓶座。鸽子说，对于许多人来说，纽约就像一场飘浮在大西洋上空的梦；但对她而言，纽约是幽暗走廊尽头的一道光。

她在纽约住了一年多，去年采访了很多独自在纽约打拼的女生，写了一系列主题为“纽约孤独的女孩”的文章。我跟鸽子说，我有很忙的全职工作。这位艺术家一直以为我是个全职写作人，听到我另有全职工作大为震惊。说实话，我很羡慕她的震惊，我也想全职当个纯作家来着啊，但是我还没有那种才华，我经常写不出，书也一贯卖不好。

鸽子的先生是加州人，在哥伦比亚大学当教授，新婚的他们刚刚从芝加哥骑行回来。鸽子说，认识她先生是在泰国，素不相识的他们坐在餐厅的同一张桌上吃早饭，她先生忽然开口问："你有微信吗？"然后他们就这样擦出了爱情的火花，后来鸽子离开北京奔向纽约。

我常常想，爱情真的是一个再偶然不过的多发性事件。多一秒都可能无法遇见，晚一点都可能会错过。而一旦遇见，两个不同背景、文化、肤色的人就可以从此在一起生活。你永远都不知道，生活会带给你什么，对吗？我常常羡慕那些青梅竹马的人，因为上苍把这份"偶然"设置得顺其自然。

我和鸽子逛到 SOHO，她忽然问我："Jane，你认识蓝眼睛的男人吗？"我不怎么认识蓝色眼睛的人，却一下子想到了他。我跟鸽子说，我认识长着迷人的绿色眼睛的男人。

赛赛，其实在北京的时候，我们也会常常感叹：我们过得挺幸福，有很不错的工作、一级棒的朋友，有一些深远的见识，还有不需要太费周章的生活，可是为何唯独不曾遇见那种没有一丝丝顾虑，可以在寒冷天气里分享一块蓝灰色毛毯的感情呢？是我们的运气太差了吗？还是我们的想法本身就有些问题？后来我觉得，是因为我们没有碰到那份多发性的“偶然”。

爱情对我来说，不是生活的保障，也不是找个人做伴，更不是找个优秀的人让自己变成人生赢家。也许是我对爱情的要求过分苛刻了吧。那天我跟鸽子说，在爱情里，我是一个给予型的人，我常常希望可以对一个人好，让他变得很特别，可是当爱和热情无处投入的时候，我感到很孤寂。发光体找另一个发光体的时候，比发现黯淡羸弱的星球还要难。

不可否认，我们也向往着很多很多的爱，这种爱，无需张三李四给，而是期盼着一个特定的人，所以一旦遇到那个我们想要付出的人，总是很欣喜；而离开那个人，又总是格外难过。也许是我们的内心清冷，也许是我们对自己要求太严格。绿眼睛的男人也对我说：“我有很多很多爱和关怀想给另一个人，却发现那些不肯给予爱和关怀的人，也许并不会受伤。”我对他说，还是要 all in（全情投入），上苍也许会怜惜我们，并将属于我们这类人的注定爱情分配给我们。

说到鸽子与她先生的邂逅，中文在美国的普及比我想象的还要迅速，好多黄头发绿眼睛的人都能开口讲中文。我那天在 Berdorf Goodman（波道夫·古德曼百货公司）买包，销售员忽然用中文问我：“你有微信吗？”还有一次我去哥大参加朋友的婚礼，教堂里的协调人员是个美国小伙子，他不亦乐乎地对着一池子的中国亲戚讲中文：“各位亲戚朋友，手机请静音！”在纽约，来自世界各地的人互相交流着，我昨天在 SOHO 的时装店里遇到一个讲西班牙语的女士，她不停地询问我对一条裙子的意见，我一句也听不懂，比画了半天，她才明白我的意思，倒也皆大欢喜。

能和各种人交流始终是我在旅行时最开心的事。纽约的朋友 William 约我喝下午茶，他们一家人都住在纽约上州。他天天乘坐小火车进城工作，跟我说：“金融工作实在是忙得不行。Jane，你忙吗？”我说在北京也忙，所以要常常去另一个地方待一阵子。William 在投行工作，是第二代秘鲁移民，我问了一堆有关马丘比丘的问题，他很高兴有人对他的故土这样好奇。这个温和有礼的男生身上毫无金融界人士所拥有的凛冽气息，能和这样的人聊天我总是很开心，不过更开心的是能在傍晚一起喝酒。

纽约的女性朋友 Lynn 和我都是德国葡萄酒雷司令的忠实粉丝，我们在 meatpacking district（纽约肉库区）找了家专门经营 Riesling 的餐厅吃饭，每人都豪迈地喝了 6 杯不同的 Riesling。每次见到 Lynn，她都是金光闪闪的，时髦得不像话，她好看的小麦色皮肤，配上紧致纤长的身材，简直让人“酒不醉人，人自醉”。喝完酒，我坐在纽约的绿色出租车里（这次回来，发现纽约多了很多绿色的出租车，已经不再只有黄色了）凝望中城的月光，然后去 Grand Central（纽约中央车站）坐小火车回家。我是特别喜欢满月的，blue moon（一个月内第二次满月）那天我在 Hudson River（哈德孙河）上参加婚礼，金黄色的满月半悬在河上，曼哈顿变得如梦似幻，那时候的我又是满腔爱意无处释放，略感暴躁。还好，我在回家的火车上收到一张去年的满月照片，是用 GoPro（运动相机）拍的《俯瞰旧金山》，我捧着手机，觉得自己丝毫没有失去那份“偶然”的爱，也就没那么伤感了。

你在加州还好吗？

Regards,

Jane

Buvette

no smoking please

▸ Hi Jane,

我下了飞机就直奔加州中部的蒙特雷，可能跟这里有缘，今年已是第三次来，所以轻车熟路了。过了圣何塞才能体会到加州的阳光，蒙特雷每天艳阳高照，不过昨天一回到旧金山市内就又感到一阵亲切的冷风。好像马克·吐温说过：“世界上最寒冷的冬天是旧金山的夏季。”说得不错。我在酒店加了一下午班，坐在窗边看见熟悉的云雾从山的那边一直飘下来……

几次都是独自来旧金山，在渔人码头走走，挤在游客中间；去 Embacadero（贾斯廷赫尔曼广场）吃冰激凌、望海，每时每刻都觉得自己好孤单，那个人到底在哪儿？咱俩好像一对老怨妇，每次见面吃饭聊的都是未上路的放逐梦和未实现的爱情愿望。我特意叮嘱同事帮我在旧金山买份周日版的

《纽约时报》，除了我最爱的旅游版块、周末杂志外，我还特别喜欢看里面的“红白喜事”，每次在 Vows（誓言）版看别人结缘、恋爱、成婚的故事，都会感觉自己好像也离爱情近了一点……

《纽约时报》真的是一份好报纸，标题很好，图片也很好看。记得有次用了半版写了一对魔术师夫妇，标题好像是《我就喜欢你把我锯成两半》。另一个故事讲了“转角遇到爱”，从小就在同一街区生活长大的两个人却从未谋面，直到有天命运将他们联结在一起。一天早晨，男生在他们曾擦肩错过对方无数次的街角摆了十几个交通隔离桶，向女生求了婚……上周末整版的 Vows 中，《她内心的配乐》一文写道：“他是第一个，也是唯一读懂她音乐潜台词的人……”

本周还有个中国女孩也上了结婚版。我看到她也就想到了你。不知什么时候能在《纽约时报》上看到你的喜事？其实喜事并不重要，真正的情感和内心感受只有自己知道。有了归宿后，别忘了写信告诉我。

Yours，Still Searching，

SSS

12 ST

THE NEW YORK TIMES, SUNDAY, AUGUST 16, 2015

Vows

VICTORIA CLARK and THOMAS REIDY

The Musical Score to Her Heart

By KATHRYN SHATTUCK

If one were to read between the song titles of Victoria Clark's 2008 solo album, "Fifteen Seconds of Grace," it may serve as a road map to her heart.

"There was a not-so-subtle theme running through the CD for anyone to find, should they be so bold," said Ms. Clark, the Broadway and Hollywood actress, who won a Tony Award in 2005 for her leading role in the musical "The Light in the Piazza."

But no one had dared.

Then Thomas Reidy came along and (after listening to tunes like "How Can I Keep From Singing?" "Someone to Cook For" and "Before the Parade Passes By") deduced that Ms. Clark, whom he had only just met, might be searching for love.

Not that there was, by any reasonable standard, a lack of love in her life. She was a devoted mother to a son, Thomas Luke Guest, and remained close friends with his father, from whom she had long been separated (they were divorced in 2008).

And fans and critics alike adored the interpretive wonders of her lyric soprano in roles like Mrs. Margaret Johnson, the mother of a mentally disabled daughter

He had been the first and only person to tell her that he'd caught the subtext in her music.

confronting midlife disenchantment, in "The Light in the Piazza." (She was nominated for a Tony again this year for her portrayal of Mamita in the revival of the musical "Gigi.")

"She has this amazing timing, finds the ...eet moment with the audience where she ...ns things upside down and touches that ...p, primitive yearning for the divine," ... Jane Kelly Williams, a singer-songwr...er and longtime friend whose songs Ms. ... has performed.

...ound the time my son was born, this ... creative explosion happened," said ...lark, 55. "And the way that I express ... became deeper and richer when I ... single. I was really into being the ...on that I could be and working on my ...and it was hard for me to add a third ... that plate."

...

...in 2000, Mr. Clark joined eHarmony. ...und the same time, Mr. Reidy, a former ...heater actor who became a territory ...er for Global Total Office, a Canadian ...e manufacturer, registered with the ...ting service after a friend insisted ...end to his Brooklyn bachelorhood. ...since 2000, he'd had a girlfriend ...and many dates before and after, ...en unattached for nearly three

"I was meeting a bunch of crazy people online, and here was an available man who seemed to be of this world and had actually gone to the theater," said Ms. Clark, who at the time was preparing to open in "The Marriage of Bette and Boo" at the Roundabout Theater.

thinking he's very handsome, he's a lot of fun, but I'm just not ..." she said.

But she had to adm... ...he had been the first and only person to tell her that he had caught the subtext in her music and that he understood how a ...

ON THIS DAY

When Aug. 1, 2015

Where The home of Jeff and Charlotte Clark in Durham, N.C.

Details The tea-length gown, with its satin bodice and silk taffeta and organza skirt, was inspired by a dress worn by Grace Kelly in "Rear Window" and was created by the Tony-winning costume designer Catherine Zuber, who had outfitted Ms. Clark for "Gigi" and "The Light in the Piazza." "She knows Victoria's body so well," said George Brescia, Ms. Clark's longtime stylist, who was a guest at the wedding. After dinner, the bride kicked off her silver pumps, yelled "Everybody follow me" and led a conga line of women beneath a fading blue moon to the strains of Taylor Swift's "Shake It Off."

Perfect Matches At the celebration in Brooklyn Heights on Aug. ... the bride and groom were one of three couples who had met through ...

《纽约时报》

每次在 Vows 版看别人结缘、恋爱、成婚的故事，

都会感觉自己好像也离爱情近了一点……

致我们那些远在彼岸，还未抵达的梦

-

2015-08-26

·San Francisco·California·Stanford·

◂ Dear **SSS,**

“世界上最寒冷的冬天是旧金山的夏季”，这句话，我在加州北部逗留的每一个晨昏都感受得很深切。我这次住在伯克利，与对岸的旧金山比起来，这里更像一个与世无争的小镇。我每天晚上开着窗户睡觉，皎洁的月光就洒在床上，还裹着非常清透的空气，觉得人生美好极了。

我想我是在这一次忽然爱上加州的。我这人一向后知后觉，一边听闻加州的无可挑剔，阳光、海滩、科技、绝顶聪明又烂漫甜蜜的人……一边又执着于我的东海岸情绪。“加州没什么不好的，但就是没有东岸迷人”，起码，前三次来加州，我都是这样想的。上一次来旧金山，正是那首著名的*Califonia Dreamin'*（《加州梦》）里唱的时节：“All the leaves are brown, and the sky is grey.”。然后我一个人去 Napa（纳帕）喝了个步履婀娜。每次来加州，都有很愉快的事发生，是我太后知后觉。

你说的，熟悉的云雾从山那边飘下来，也许这就是我忽然爱上加州北部的原因？那天早晨去楼下挪车，买杯咖啡走回来，有那么一阵恍惚，这里难道不是夏末初秋的波士顿吗？或者是因为白天开车经过 Bay bridge（海湾大桥），四下的云卷云舒？还是因为去了 Sausalito（索萨利托小镇），看到蓝色的海面上驶过一只小小白色帆船？也可能是因为傍晚吃了个完美的 lobster roll（龙虾卷），在大街上溜达着，转身就看到 Uber（优步）、Twitter（推特）等著名公司的总部大楼正好坐落在就算乌云密布却也依然开阔明朗的旧金山里？

我这次一下飞机就跟 Tingting 跑来 sailing（航行），虽然飞了十几个钟头，但漂到海上的一瞬间依然很兴奋，困意全无。船上的兼职水手跟我聊天，他在 UC Berkeley（加州大学伯克利分校）念英美文学，到船上来挣点零花钱。Tingting 说，湾区学霸太多，聪明人遍地。她在湾区住了一年，喜欢这里的天气、科技氛围和人。之前在上海，我对她不算很了解，只知道她聪明漂亮，干什么都很容易。从小顺风顺水的女生，面容神情都很容易让人接近，Tingting 的表情里看不到什么企图，就算经过 Bay bridge 她对我说“我想住在这里”的时候，依旧是淡淡的希冀。

她在 UC Berkeley 念完了一年书，我到的那天她依然在奋力找工作。“已经找了三个月了，不是很容易，但还是想试试。”虽然一切依然未知，她的表情却并不迷茫，她十分坚定地说，“我这次得试试。”我察觉到她的变化，变得更独立，头脑更清醒。她说，从前真的是太顺了，想要什么有什么，来了加州，第一次想为美梦努力一下，发现在这里什么都得靠自己，但在这里一切又都十分公平。

我们把车开到金门大桥边，然后去大桥上走了走，旧金山的风把夏天吹成了深秋，云雾就从山的那边飘下来。我说，你的梦一定会实现。梦想需要试，试过之后，就不会有太多遗憾。一小时以后，我们开车去 Sausalito 喝啤酒吃冰激凌，啤酒瓶子还没拧开呢，她就接到湾区一个 startup（创业公司）的 offer（入职通知），加州梦的第一步实现了。我和 Tingting 都从椅子上跳起来，她激动得飙了泪，我也激动得跟着飙泪。稍事平静后，我们把手里的啤酒干了。所以说，我那天见证了一个加州梦的开始。

生活方式很容易随着生活的地点改变。湾区的姑娘们都穿着瑜伽裤、运动鞋。Tingting 说，一年没穿高跟鞋了，也没有再买包，但是喜欢一个人，更关注其内心了。跟住在上海的时候比起来，她的肤色深了一些，人更挺拔了，唇红齿白，比以前更自信明朗。湾区的人简单聪明，爱一个人，便会更关注其内心，这里无尽的阳光是会改变一个人的。

你那天跟我说，你看好了 Berkeley 校门口的 loft（复式公寓）出租广告，想每天去图书馆翻翻报纸，锻炼下该多好，你这样说的时候，我的心也痒痒了。着急地看了下 UC Berkeley 或斯坦福有什么书是咱俩可念的，或者索性来湾区工作也不错。就算不来常住，可以租台车，沿着一号公路开一圈，夜里喝上一点加州葡萄酒，白天沉醉在加州的阳光里无所事事，听起来，也是每一年很令人心驰神往的安排。

我觉得自己还是太忙了，来美国前，连轴转了几个星期，北京飞旧金山的飞机上我都无法睡着，脑子像机器一样无法停歇。我那天到 San Diego（圣迭戈），下午在餐厅吃饭，听旁边的年轻姑娘对一个毛茸茸的加州男孩吐槽她交往过的男人们，我的脑子忽然就空了出来，有了种生活在别处的零参与感。

彼时彼刻那种奇妙的感觉，我表述不清，但与傅真在《加州梦》里写一号公路的片段十分相通：“人类的时间是刻画在日历和时钟上精确的每一天，而在一号公路的海岸线上，海鸥扇动的翅膀之下，柏树与青草的气味之中，还存在着另一种悠远模糊的生命时刻。人的时间，鸟的时间，虫的时间，树的时间，海豹的时间……各有各的时间观，却可以同时共存于一片小小的土地之上。无论是在何处，天地万物都一律平等地在时间的长流中共存。一想到这里就感到了某种‘天荒地老’般的奇妙，也让我暂时从拜年短信和红包中抽离出来，对于生活与世界，忽然有了更大、更远的视野。”

赛赛，我们要多晒晒加州的阳光，想想对生活的热忱和勇气，还有一些美梦。这些对于吃着冰激凌、望海，自问那个人到底在哪儿的我们，是很重要的。

Regards,

Jane

▸ Hi Jane,

我在 San Diego 过周末，窗外少有的阴郁天空有点像旧金山。提起 Berkeley，那仿佛一直是我的隐痛。我妈在北大工作，她在我小时候就一直不断跟我说她的这个学生、那个学生去了伯克利怎样怎样，所以我也一直对这座大学充满敬仰与向往。后来，我上了艺术院校。因为从小在北大出生长大，倒并没有觉得一座像北大、清华这样的大学多了不起，所以对于一所小而精的艺术院校也持着无所谓的态度。可上了两年，我长大了，生活、思想都发生了改变。有一天我去清华找朋友，要回家时正好赶上晚自习后的清华学子像大潮一样骑着自行车回宿舍。就这样，我形单影只地与这意想不到的人潮相遇。在昏黄的灯光下，我注视着一个个充满朝气和对未来的期望的年轻面孔，不知不觉，眼眶已经湿润。我明白，在人生最重要的几年里，我错过了一所重要的大学。

后来工作了，一切条件也都不错，可我终究在几年前决定放下一切去读 MBA，当时也不是为了学商或转行，而是纯粹圆自己一个名校梦。我一直对正式的教育有些怀疑，其实相比学校所教的课程，我更向往的是氛围、同学和校园生活。

而我当时最笃定，也最希望去的就是 Berkeley，也许是幼年时母亲的反复念叨埋下了种子。种种原因之下，最终我并没去成。几年后，我跟当时一起拼搏申请 MBA 的好友 Helen 在旧金山会合，一路开往 Berkeley。其实校园看起来也不怎样，但我们去商学院摸门牌（好吧，又是摸门牌）合影留念，想象自己在此穿梭的样子，又是无限伤感。这种绵长的、明白生活已经错过却又无法挽回的伤感，到现在写来仍然能感觉得到。今年年初，我带母亲从旧金山一路开到洛杉矶，去金门大桥、逛环球影城、住最好的酒店，可一路下来，她只对斯坦福念念不忘。回来的飞机上，我问她最喜欢哪儿，她说："斯坦福。"她回答的时候，我没有说话，也不敢看她的眼睛。作为一个名字里有两个"赛"字的孩子，我没能实现母亲和自己心中的愿望。好吧，写到这里的时候，我的情绪又难以控制，落了泪。

那天，在 Monterey（蒙特雷）海边，看到一个艺术涂鸦，上面有个大大的“Dream”，底下写着“California Dreamin' started in Monterey（加州梦开始于蒙特雷）”。“加州梦”的历史来源我没兴趣深究，但我知道你我都有个“加州梦”，可能这个“加州梦”每个人都有，那是一个未能实现的，仿佛远在彼岸，奋力也不能抵达的梦。

今年春天我又去了趟 Berkeley，从旧金山坐跨湾轻轨驶向校园。我背着背包，像学生一样走进图书馆，在 Doe Memorial 图书馆（加州大学伯克利分校中最出名的图书馆）一层右边的阅读厅坐了一上午。在一个老式皮沙发上，我读了有趣的系列读物 *Mc Sweeny's Quarterly Concern*（《麦克斯威尼季度关注》），又翻了几本我爱的 *The New York Times*（《纽约时报》），越看越伤感，于是走出图书馆，走进阳光，逛了一上午。要走时突然抬头看到大学校园门外有 Loft 公寓招租，于是，我拍下照片，发给你。问你，你来吗？

所以，你来吗？什么时候才能放下一切，来找你的“加州梦”？到时，我一定也会为你激动地从椅子上跳起来，飙泪。

Yours，not waking up yet，

SSS

伯克利主图书馆内，

有两三层楼高的大厅终年开放。

拍摄于 2015 年 1 月

在斯坦福大学空荡荡的校园中，

此时学生都放假了。

伯克利主塔

这座建于1915年的钟楼高度在全球排第三，

登高远望，能看到湾区的美丽风景。

一切特别美好的事，
你都特别值得

-

2016-02-03

·San Francisco·California·Stanford·

▸ Hi Jane,

最近好吗？去年圣诞节带妈妈从旧金山一路往南沿一号公路开到洛杉矶，今年本来早早安排好了要去东岸，可母亲突然病了，于是我一人孤独地在纽约过了圣诞，又去波哥大过了新年。一路上带给我最多感触的不是景色，而是旅途中一个个活生生的人，给你讲其中两个人的故事。

一

在纽约过年的几天，认识了一个同样来自北京的女孩，我们就随缘约着逛街、吃饭聊天。她在 30 岁生日时写了份 Bucket List（遗愿清单），其中有一条是“在酒吧和最帅的男生搭讪”，于是就这样被朋友怂恿着去跟美国帅小伙 Bob 要了电话。正巧的是，Bob 那几天也在新泽西拜访亲戚，就天天“翻山越岭”来找她。他们从圣诞到新年完全像情侣一样相处：去纽约公共图书馆前面的冰场滑冰，Bob 不太会却装大男人逞强摔了大跟头，女生乐不可支；等地铁的时候随意地亲亲抱抱；随便挑个酒吧跳舞跳到深夜……

有天，她突然有点伤感地跟我说：“我感觉我爱上他了。”于是，跟所有恋爱中的人一样，她开始为每条短信患得患失：“他在美国，我在北京，我们在一起又能怎样呢……”我就陪她默默地喝点小酒，解解愁。

她的 Bucket List 上还有一条是去时代广场跨年，看水晶球掉落。所有朋友都劝她别去，因为几乎要提前 10 小时进去排队。“在露天冻这么久？！”“而且中间据说连厕所都没法上……”“那怎么尿？”“成人尿布。”哈哈哈哈，我惊呆了。但我是唯一支持她去的人：既然它在你的 List 上，你就应该完成它。说不定那晚 Bob 会突然现身时代广场，拨开人群，在零点那一刻吻你呢？！

你猜 Bob 有没有来？电影情节有没有上演？北京女孩就那样浑身贴满了暖宝宝，穿上了成人尿不湿，只身涌入人群。当然生活本身远没有电视直播上那样浪漫，天寒地冻地站到腰酸腿疼不说，现场演出和互动也远得不着边际，而周围都是三五成群的人，就更显孤独。

她后悔吗？这不重要，因为她完成了自己的清单，如果没有严格执行，她又怎么会遇到 Bob 呢？我羡慕、支持、佩服她的倔强和坚持，以及这种到 30 岁还有的初生牛犊不怕虎的冲劲。年龄越大，就越了解自己，仿佛在原地给自己画了一个圈，知道自己走到什么地步就会不舒服了。所以，我不会列这个单子，列了恐怕也不会实现，因此生活照旧，没有突破、改变。但跟这个女孩在一起的几天，我也在想是不是该走出自己的圈子呢？

二

飞机降落到拉斯维加斯的时候就下起了小雨，没想到阴雨一直持续了两三天，直到要走了才停，这时反而感觉天空蓝得不真实。坐出租车去机场，一个黑小哥跟我聊上了。他说自己是 Eritrea 人。“哪儿？”“Eritrea！”

我特别喜欢地理，我要看看是哪儿，哦……厄立特里亚（我 Google 了，东非小国）。他才来美国 4 个月，“之前我在苏丹难民营待了 7 年，在难民营有钱还好点儿，没钱的话，每月只能领一小桶油、一点粮食和一块肥皂。那时经常吃不饱，要靠在欧美打工的亲人朋友接济，后来我去美国政府参加面试，就以难民身份过来了。”

我们在拉斯维加斯金光闪闪的大道上开着车，阳光照在他脸上，让我很难想象他之前的生活和现在这种巨大的背景反差。他说，他的妻子和两个小孩还在难民营，他要努力接他们到美国。我由衷地祝贺他，为他高兴，那时心里突然也莫名地想着：这种质的改变对他的人生来说真是至关重要的转折，而年过三十的我是否也该有所改变，我的彼岸又在哪儿呢？

Beijing is home

Yours,

SSS

在华尔街附近骑上自行车，

一路骑到曼哈顿的最南边，

对岸的新泽西半掩在浓厚的雾中。

◂ Dear SSS,

好久不见！收到你的来信，格外开心。前几天彭萦问，你俩经常见面吗？其实并不是很经常，但你难得在北京的这些日子里，我也算见你很频繁了。好在社交网络发达，我总能知道你去了哪儿。

2016年开始得很不错，好运来临的时候，很多人都会患得患失，就好像《欲望都市》里Charlotte对Carrie说："我何德何能可以拥有如此美好的这一切？它们会不会在某一天忽然失去？"好在你对我说："Jane，你特别deserve（值得）。"

上周末在家，我又看了一遍*Serendipity*（《缘分天注定》），我想起一个朋友说，那个right one（对的人），世界上真的只有一个，所以值得我们花时间好好寻找和等待。因为成长，人的眼光只会越来越高，根本不可能 lower the bar（降低标准），唯一需要做的就是让自己变得更独立。也许有一天，那个“量子物理学家”出现的时候，我可以接得住他，就好像你说的：“Jane，你特别 deserve。”

那些 30 多岁还在等待真爱的人，遇到那个特别好的人的时候，除了祝福，更值得称赞。我们不该说“啊，你真是太好运了”，而是“哇！那个幸运的家伙是谁？”。我以前写过一篇文章《任性的人，你会等到量子物理学家的》：“独自在浩渺星际航行，有时候真的就只比别人多坚持了一秒钟，然后，你就等到了你的 Copilot（副驾驶员）。你当然很爱他，你也会告诉他，一个人飞也还挺自在的，但在人生的这个巡航高度，你要陪我多飞一会儿。”人应该有这种倔强和坚持。

我从未列过 Bucket List，我觉得我对自己一向格外慷慨，尽量去想去的地方，做喜欢的事，爱值得的人。勇敢一直都是我性格里很出挑的一部分，那种勇敢不是主动表现自己，或者盲目表白，而是对压力和挫折的不为所动。你也要勇敢，因为勇敢带来的，多半都是幸运。

我觉得，人其实还是依赖天性居多。我爸是一个无可救药的乐观主义者，他把十分乐观的基因遗传给了我，所以我走在路上，常常莫名地觉得自己拥有 a million bucks（百万美元）。人有顺境、逆境，逆境的时候，世界自然是冷的，也没有光，所以更需要那种 feel like a million bucks 的劲道。

我常常觉得，你过得天马行空般精彩，但有时候一个人飞了几万英里，的确会有一点孤独，就好像读者们评价我的文章时说："虽然行文积极，但还是会看出一丝忧伤。"这就是我们啊，其实我们都是"给予型"人格的人，希望为别人带去希冀和新鲜。我觉得上苍总看着我们，当我们很想要一件物品、一个人，得不到而沮丧的时候，他会想要告密：这个还不够好，以后真的得到最好的，你就知道了。

不要犹豫，如果你想去里约或者伯克利，那么就搬过去；如果你想等某个人，不妨就一直等待着。因为彼岸，如果不是在这里，就一定会在那里。

一切特别美好的事，你都特别值得。

Regards，在冰冻三尺的上海的

Jane

不要犹豫，

如果你想去里约或者伯克利，那么就搬过去；

如果你想等某个人，不妨就一直等待着。

因为彼岸，如果不是在这里，就一定会在那里。

如何面对收入超你 10 倍、体脂率是你 1/10 的人

-

2016-02-27

·San Francisco·California·Stanford·

▸ Hi Jane,

我昨天和朋友约在 Bryant Park 旁边的餐厅吃饭，因为在美国东岸，所以这个除夕我不想太传统，便挑了家古巴和中国风融合的餐厅，叫 Calle Dao（我把它译作“道路”，哈哈，因为“Calle”是西班牙语“路、街”的意思），不知你有没有去过？我朋友还带了个 20 岁的美国帅小伙 Chris 过来。

Chris 金发碧眼，一脸天生不受欺负的样子。他在纽约大学读房地产专业，今年大二，家在加州橙郡（OC，Orange County，美国著名的富人区）。问他为什么来纽约上学，他说他周围的孩子一般都在加州上学，他本来也想就近去 USC（南加州大学）的，但后来想换个地方体验一下不同的环境，就选了 NYU（纽约大学）。加州真是天堂，对他来说去纽约就像出国一样，有时忘了出门会冷这件事，以至于冬天经常出门穿少了要不停地搓手。这真是每天被加州南部的艳阳天晒大的小孩啊！他父亲做房地产生意，每年买进两三个老房子，重新翻新，不是 Cape Cod（科德角）式的就是 Tuscany（托斯卡纳）式的，两三百万美元买进，六七百万卖出，刨除成本等等，一个房子大概能赚个百万美元。天啊，这真是门好生意！他说他毕业也会子从父业做这样的房地产生意："我的目标是每年 300 万美元，然后工作 10 年左右，在 35 岁时退休……"他信心满满，让人感觉这些数字好像已经板上钉钉了。

我说我在橙郡 Huntington Beach（亨廷顿海滩）学过 SUP（站立式桨板），那里的房子好像没那么贵，两三百万就有海景房。他面露不屑："Huntington Beach 简直不能算橙郡，那里都是 Red Neck（美国对"农民、土人"的蔑称）住的地方……"这么说是因为他来自高档的 NewPort Beach（纽波特海滩）。由于过年，我们点了饺子，但他要了煎的。"不怕胖吗?""我怎么吃都不胖，我的问题是新陈代谢太快，我每天都吃很多，吃各种垃圾食品也不胖，但我一直在健身，你看我这里还有肌肉，现在体脂率才 3% 多……"他说着拉开毛衣，捏捏肚子。面对他，我有些羞愧，不知道说什么。工作十余年，我的收入远不及二十出头的他十分之一（若真的如他所愿的话），我想体脂率可能将近他十倍（Ooooops）吧。

在纽约，情感生活如何呢？他说他没时间谈恋爱，现在他的生活就是参加 Party（派对）、学习、工作，每天排得满满的。“Party？”“因为我年轻，正是该参加 Party 的时候……”嗯，是的，八块腹肌，金发碧眼，英俊帅气，每天参加 Party，在知名大学读书，在阳光下大海边出生长大，毕业年收入就能比地球上大多数人一生的收入还多……生活真的就这样美好吗？如果真的如此“完美”，他对生活的感悟会不会减少？他想三十几岁退休，退休以后的大好时光做什么呢？那个工作真的是他喜欢的吗？是不是钱多到这种程度时，喜欢不喜欢也不那么重要呢？

晚饭后，我汇入人流，独自坐 F 线地铁回 57 街，路上一直想着这些问题。他去参加 Party 了，对他来说最重要的是一会儿到哪儿买小红莓果汁配酒喝。我也曾如他一样笃爱自己的生活，在 20 岁时觉得如果有车撞我，车都会自己飞出去。我从 13 岁开始热爱并笃定将来会进入媒体行业，毕业后也一帆风顺地入职顶级时尚杂志，做了两年就晋升为公司最年轻的“中层”。当时，我觉得 28 岁之前不做主编简直不能接受，直到生活把我拽到了谷底——我突然患了极度严重的腰椎间盘突出症，北医三院的医生说如果你今天不做手术，明天就有可能会瘫痪，即使手术成功，也有大小便失禁的危险……过去的几年，我病了两次，每次都是住一家医院不行，还要换家医院住，一筹莫展……生活自会告诉你它原本的样子，我的心态和想法也发生了极大的变化——我现在远没有以前的抱负和目标，以前觉得十分重要的东西也看淡了许多。

不知 Chris 会不会一帆风顺，但愿吧，不过有时一帆风顺可能也不见得是一件好事。你说呢，Jane？好吧，也许是体脂率十倍的人在嫉妒别人。

P. S 巴黎可好？

Love，From 古巴上空

SSS

假期飞巴拿马时写下这封信给简安，

写完发呆后看航线图，

正好经过古巴上空。

◂ Dear **SSS,**

体脂率 3% 也太凶残了，我的体脂率也接近这位年轻人的 10 倍（Ooooops，你瞧，我现在称呼那些 20 岁出头的人时有种无法掩藏的慈祥）。你描述的那位橙郡男孩，其实我在 GQ 十周年的纪录片里见过。那个说着“我想做的事，就一定能做成”的你，不就是北京版的他吗？“如果有车撞我，车都会自己飞出去”，就是那种神采飞扬的天之骄子啊！那段影像给我留下非常深刻的印象。十年前你说话的样子，好像身手矫健的攀岩高手，藐视未来一切可能把我们砸向谷底的滚石。

十年后的你，看起来稳健了许多，依然还是踌躇满志的，但眼里、嘴角的不可一世悄然消失。我觉得倒不是因为你 28 岁没能当成主编或受腰椎间盘突出症的困扰，而是这十年把我们的轻狂毫不费力地变成了收敛谦和。无论是否经历重大挫折，十年后的人，都不会是20岁出头的模样——改变在眼角眉梢，悄无声息又循序渐进。

你看待Chris，大概跟我见到公司里的一个“90后”女生差不多。我有天在办公室里说了句：“唉，要是现在我也25岁该多好啊！”她抬起满是胶原蛋白的脸说：“哎呀，我还没到25岁……”我还看到一篇写女模特、设计师Karlie Kloss的文章，标题是诸如《23岁的人生赢家》之类，名模、学霸、长腿、有男友、自己有脑子、会经营事业、会投资，23岁已经登上人生巅峰……那些美好又青春无敌的人总是层出不穷，刷新年轻、成功还没有脂肪的记录。

但是，无论早晚，生活带给我们的喜悦、挫折都是平衡的。有脂肪无忧虑，成功晚但更具悲悯之心，要我说，你的生活，已经被无数人羡慕了。你瞧，你给我写的这封信，from古巴上空，落款多炫酷；虽然体脂率接近30%，但是你有大长腿啊！

我好似是一个特别晚熟的人，干什么都比人慢半拍，少女时代浑浑噩噩，大学毕业了依然懵懵懂懂，一直以来都是中人之姿，小时候参加作文比赛，连末等奖都没有得过。总之，我完全没有那种少年得志的经历，仿佛过了30岁，人生才渐渐有了“大器晚成”感。但是中人之姿挺好的，being anonymous（普普通通）再好不过，好像坐在无人认识的电影院里看自己导演的电影。我一直挺没抱负的，要那么有出息干吗呢？

至于青春嘛，总是一去不复返的。岁月是长在人身上的，有皱纹和赘肉，但也有轻舟已过万重山般的轻盈。如果有一天，有个特别的人，特别到 smell like some tropical destination of your dreams（闻起来像你梦想中的热带目的地），对你说，“幸亏在这样的年纪遇见你，没有太早，也没有很晚”，是不是也有“车真的自己飞出去了（Ooooops）”的感觉呢？

Regards，

Jane

From Zurich（苏黎世）

▸ Hi Jane,

我说自己体脂率可能是别人的10倍吧，这么说，是小学语文教的一种修辞手法：夸——张！你居然真的以为我体脂率是30%，也是没法做朋友了。哼！顺便提一句，后来别人告诉我，小伙子的体脂率不太可能只有百分之三点几，那么低的话，人就死了。可能是他记错了，但他身材真的很好。不过，这样看来，我俩的差距也没那么大了，哈哈哈。至于你对我体脂率的臆想，还是让我不开心地觉得要去买个甜筒。

哼，去麦记的，

SSS

应当有人终生致力于静观深思

-

2016-09-06

San Francisco · California · Stanford ·

▸ Hi **Jane,**

几天前我才从里约回来。这次给你讲三个简单的小故事，它们回答了一个困惑我已久的问题。

“我周末去海滩待了一天。”Joao，我的里约朋友说。

“在海滩你都干吗啊？”我疑惑地问。

他看着我仿佛在看天外来客：“在海滩待着啊！”

后来我非要他说具体做了什么，他也就答：“正面躺着，翻身躺着。下水游一下，然后回来继续躺着。”

忙碌惯了，也极适应凡事计划周全的我终于也决定去海滩了，于是头天晚上开始准备：没读完的报纸，薄厚适中、适合躺着翻的杂志，iPad 就不带了（会烤坏，而且一不小心没拿住砸到脸上也不好），防晒用品、浴巾、防水耳机，还有日常用的音效比防水那对更好的耳机……就这样安全感爆棚地收拾好一大包后，我觉得可以去海滩了。

Joao 看到我吓了一跳，以为我收拾好东西准备回京了。我看到他也内心一惊——他，只戴了一副墨镜！在海滩上，我俩完全不一样：我开始“搭建”一个沙滩行宫，而他就直接躺在了那儿。“嘿嘿，沙滩巾忘带了。”除了物理位置在海滩上，我的其他行为仿佛在北京：一会儿忙着看书、听选好的沙滩夏日风音乐，一会儿看微信回语音，当然也不忘了腾时间看海发呆……12345……而巴西帅哥全程就只是安静地躺着。

在北京，可能因为习惯了时间被填满、充分利用，所以，即使在美好的海滩旁，我也继续着自己的轨迹，顺势“享受”着海滩。我看书听歌也挺开心的，也晒黑了，可我内心更向往那个什么都不准备，就无忧无虑地闲待在海边的状态。这真是一种完全不一样的心境啊……

我仍然搞不懂，他都在做什么呢？！

我找了英国导演Jamie帮我在里约拍片。Jamie的老婆Camila是巴西人，每年有大半年时间都住在开车4小时才能到达里约的天堂小镇Paraty（帕拉蒂）。依山傍水的Paraty小而美且与世无争，有着保存完好的石板路和葡式建筑。Jamie和Camila过去玩后就爱上了那里，来了几次后就决定住下。他们喜欢工业设计风格，就干脆找来两个集装箱在林间的一块巨石上建家。英国男人爱动手的优秀传统也派上用场，这两年Jamie敲敲打打，不但把自己的小家建得很好，还建了可以供朋友居住或当Airbnb（民宿）用的客房，一旁还有个可以自给自足的小菜园，热带雨林和潺潺溪水就是他们的后院。“猴子来了，我们就喂它们香蕉，但这样做可能不太好，它们肯定在想集装箱里都是香蕉……”

随性的巴西似乎是井井有条的英国的对立面。每个社会中都存在两种外国人：选择融入的和拒绝融入的。Jamie是前者，他不但说葡语，似乎连性格也受到巴西环境的影响——不太会跟陌生人随意攀谈的英国人在巴西到处跟人瞎聊。“巴西人就是这样随意，所以我也这样。”

他的脸也跟巴西人一样，经常是晒伤状态，一问果然是周末又去海滩了。我还是那个老问题：“你去海滩做什么啊？”

他也一脸惊讶："晒啊，要知道，晒也是门功夫，要晒得均匀……"跟Jamie相处一周，我感觉在巴西的生活让他放松很多，他的三观我也很认同。没有较真，不穿西服，没有竞争，不问世事，Paraty丛林小屋其实就是Jamie生活中的海滩，这片独特的"海滩"重新塑造了他的生活、性格、人生观。而这距离他从前的生活不过是几小时飞机而已。

在里约工作很忙，要飞之前，我才真正有空跑到马路对面的沙滩。我坐在沙滩上，满是羡慕地看着海滩上的各种人：放风筝的小孩、跑步的帅哥、"晒成肉泥"的美女。突然有个老人走过来跟我聊天，看似当地人的他居然操着一口流利的美式英语。来自费城的Bill做了三十几年会计，没妻子，没儿女，退休之后就到了这片海滩。他就这样一直在海滩的第73号岗亭跟当地人一起推销可租赁的沙滩椅。

"你为什么来海滩呢？"我看着他完全晒黑的肤色觉得很奇怪。"我工作时来巴西玩儿，那时这里很便宜，风景迷人，是我无聊工作中的慰藉，后来又在海滩上遇到了一个喜欢的人……"我没有继续问下去，因为我完全理解他的选择。虽然在外人眼里，很难理解一个退休的美国老人在海滩上跟一帮二十岁左右的小伙做几乎苦力一样的工作，但对Bill来说，这片海滩就是他多年的希望和生活寄托，是他的乌托邦，而退休后回归这里也是很好的选择。可那些看似年轻时无法得到的，难道非得要等到暮年才能实现？

我就这样在海滩出神，坐到不得不走了才不舍地离去。去机场的路上，看着里约绵延不断的海滩我仍然在想那个问题：这些人为什么来海滩呢？Joao、Jamie 和 Bill 各自的海滩都找到了，而我的在哪儿呢？我要去海滩做什么呢？生活中，我又想要什么呢？

你说呢，Jane？

From City，Not Beach，

SSS

在海边，看书听歌也挺开心的，也晒黑了，

可我内心更向往那个什么都不准备，

就无忧无虑地闲待在海边的状态。

▸ Hi SSS,

收到你这封信的时候，我刚跟白白吃完泰国菜。饭后脑子里的东西“突突突”地往外冒，特别想写点什么。而我想写的，正好可以完全回应你问的“你说呢，Jane？”。

白白是我的新朋友，我见过她三次，一次在加州，她公司的总部；一次在北京，她公司在北京的办公室；第三次我俩约了饭。白白还是穿着 Marimekko（芬兰品牌）出现，我说：“我特别喜欢 Marimekko！”白白扯着身上的蓝色 Marimekko 说：“我也是！不过这件是我的睡衣！”1993 年出生的白白，浑身有一股年轻女孩少有的沉静淡然气质，但又不乏元气少女的活力，她几乎比我高出一个头，肤色非常健康，背着一个布包，穿着夹脚拖鞋，说午饭后要去太庙做千人瑜伽。

我和白白之前在旧金山一起吃过一次饭，那晚还有很多人，白白就坐在我旁边，话不多，但很有存在感，她的那种安静并不是羞涩和冷淡。她是那种在我看来聪明又不外露的人，外表平静，脑子转得很快，眼神里丝毫没有年轻女孩的局促和慌张。她在英格兰北部念的高中和本科，学的还是政治。她时常展开长长的手臂，伸一个大懒腰，或忽然做个鬼脸，十足健朗少女的模样。

我们坐在泰国餐厅里，发现想吃很多种主食，面、三明治、春卷、肉饼……于是我们一口气把这些都点了。白白咬着三明治说下个月要去缅甸，参加一次 retreat（灵修），全程要静默的那种。我问她："是像《饭祷爱》里 Liz 那样在胸口别一个标志的那种吗？"白白说："是啊！好几天不开口说话不知道会怎么样，而且，不能用手机，连书都不能看，只能静静待着！不知道能不能坚持下来。"我说："可能会比较难受，你看电影里那个一开始 silent 的女士，灵修结束之后不就成了话痨吗？"白白点点头说："我试试。"

白白在英格兰北部度过了高中和大学时光。她说，她那个小镇依然还是 100 年前的英国，穿着长袍在学校的食堂吃饭，跟《哈利·波特》里的场景差不多。我跟她说，在英格兰北部度过少女时代的女孩应该可以忍受好几天的 silent。像白白这样特别年轻的女孩子想着去灵修的，的确不多见，大概是北英格兰气息尚存于体内，需要从北京上海这样嘈杂的大都市里出走，清空脑袋里积聚的各种时间表和日程安排，去过几天“不知时光流淌，山中日月长”的日子。

两个月前，我买了本 *Kinfolk*（知名的生活方式杂志）特辑，杂志收录了全球 35 个创意人的家。在描述具体的设计方案之前，都会有一篇小文章，阐述创意人对空间以及家的温柔理解和探寻。有一篇文章叫 *A Room with a View*（《一间看得见风景的房间》），读过之后，印象尤为深刻。这篇的作者是 Nikaela Marie Peters，文章大意为：7 年前，作者住在一个没有网络的公寓里，翻盖手机还只能打电话和发 140 字短信。她每天站在窗口凝视着一条熙熙攘攘的街道：“我喝咖啡，偶尔抽支烟，对健康来说，这两个习惯也许不好，但在某些情况下，对灵魂健康倒是大有裨益。”

“心智在它自己创造出的海洋里漂流，这远比跟着一串超链接游荡有趣得多。若是让我把那几年的生活跟现在比，一个巨大的损失便是那些我花费在‘无所事事’上的时间，再也没有了。放空自己，什么也不做，这是神祇和婴儿的专利——伟大的艺术作品、哲学思想和科学创见，都从空无一物中诞生。无论是对个人福祉还是社会文化，‘无所事事’的习惯有着无与伦比的重要性。适度的闲散远非懒惰，它是灵魂的大本营。在做计划、谈恋爱、讲故事和采取行动前，我们是闲散无事的。学习之前，我们在观察；做事之前，我们在做梦；玩乐之前，我们在想象。闲散的脑袋是清醒的，但不受约束、自由自在，从一个念头漂移到另一个，从可能成立的理论漫步到可能存在的事实。”

白白对我说起她的灵修之旅时，我跟她复述了这篇文章里的观点。赛赛，你在信里提及的，你搞不懂的“他们在做什么呢”也许可以用这篇文章里的语句来回答：

“我们多久没有放空心思，安安静静地坐一会儿了？多久没有像梭罗建议的那样，没有任何计划，也不预设任何目的地，全然活在当下，无牵无挂地散会儿步呢？试想，一个独处的人，没有埋头看报纸、打电脑或玩手机，只是安静坐着，任心思自由飘远——这是多么罕见的画面啊！”

“生产力并不是充分利用时间的唯一衡量标准。那些最重要的科学创想和发明都是经过了多年的闲散和貌似徒劳的推演之后，在出其不意之时‘妙手偶得’的。”

这些话，对我这样不喜欢做计划、习惯性灵魂发散的人来说，有种奇妙的慰藉。我想，我之所以喜欢白白，大概是因为她身上那种闲散、安然的气质。虽然她比我小一轮，我依然愿意在周末的中午跟她吃很多主食，然后漫无目的地聊聊北英格兰。

你也知道，我这个人并不是很喜欢做计划。开个公众号，大半个月都不更新，连写小说都是不列提纲的，我无法让写作成为自己的任务或功课，因此，很多东西都在脑子里盘旋，待时机合适时才落入笔端。前几天，我的手机忽然坏了，换了一部旧的 iPhone 5，我站在太阳底下给白白打电话，可能是因为受了热，整个手机的面板忽然就变形拱了起来，可以直接看到里面亮着诡异光的零部件。我跟白白说，手机坏了很麻烦，但其实也没有什么东西非要存下来。白白说：“你别按那个面板了。”然后我把变形的手机扔在一边，开始全心全意地吃主食。

你说的那种“安全感”，我也理解。现代人嘛，特别是有能力的人，总被各种各样的日程和社交推着走，尤其是我们亚洲人，从小便有紧迫的竞争感，不干点什么，纯虚度光阴，就会有愧疚感。然而，就像你，就像白白，我们都需要一个稍被人凝视的时刻，一扇能看见熙熙攘攘街道的玻璃窗，或者一片海滩。好像 Nikaela 引用过哲学家兼修士托马斯·阿奎那的话：“应当有人终生致力于静观深思，这对人类社会的完美十分必要。”

你说呢，赛赛？

期待看到你什么都不做，

只是在海滩上发呆这个罕见画面的

Jane

接受世界和生活的变故，

并在变故中找到新的志趣，

肉身受困而精神依然在遨游，

其实是天赋异禀的旅行者的幸运份额。

祝你一直这么不红

-

2017-02-20

.San Francisco·California·Stanford.

▸ Hi Jane,

最近去檀香山遇到个挺帅的美国 Uber 司机小哥 Casey，问他干吗的，一说吓一跳——他是驻扎当地的美军空军。为什么要入伍呢？跟很多美国小镇青年一样，最容易实现看世界这一梦想的方式就是从军，能到处看看又能赚钱，何乐而不为呢？来自科罗拉多州的他高中毕业就参军了，因为这样还可以省出上大学的钱（美国大学学费是大部分美国家庭的心头痛，家长不愿意付或付不起的话，学生毕业后要偿还多年，而参军学费由国家报销）。他入伍几年，觉得生活挺开心，不用住在营地，朝九晚五去营地报到即可，还能免费上大学。他驻扎过韩国和中东，在中东时可能因为离战区比较近，薪水还涨得挺高。“朋友们都开玩笑说我去迪拜（附近）还能赚战区的钱。”他希望有机会还可以去外面驻扎，看世界，多赚钱。

聊到“川普”的 Travel Ban（旅行禁令），他说他不同意，但他又觉得总统肯定知道平民老百姓不知道的机密，所以有此政策。得知我曾在 GQ 工作，他说他经常看 GQ 的视频：“为什么他们和好多杂志都那么左（liberal）呢？”我想了想，简单地说：“媒体人看得多，去的地方也多了，就像我和你一样，对外部世界有更多的了解，眼界更开阔，也就会更容易接受事物了吧。”

话音刚落，目的地就到了。开门，下车，我祝他好运。

下车后，我边走边想了想自己对这个世界的看法，又想到前段日子有朋友讨伐我不争气。我并不是个很红的博主，一方面我不八卦，不紧跟时事潮流；另一方面也有朋友说我的观点不鲜明，甚至没什么观点，无法让人看了就想转发——“嗯，他说得真对！和我想的一样！”“嗯，他说的是什么玩意儿！我反对！”我还反思过这件事。后来想到，其实我之前也有过锋芒毕露的时期，不过后来十几年的不间断旅行极大地影响了我。路走得越多，越不容易惊讶、惊奇或惊喜。看到各种情形、观点也觉得只不过是所在位置、处境不同罢了。我有观点，但很多时候都懒得表示。凭什么我的观点就是正确的呢？或者根本没有正确的观点？另外，路走得越多，也就越面向自己的内心，还是算了，我能认出来的明星本来就少，而且他们跟我的生活有什么关系呢？

所以我不红，也不怨谁，因为我不愿违背自己的内心。春节时我搞了个读者小调查，结果反响异常热烈，出乎我的意料，有些读者就是喜欢看我不接地气，希望我不要随大流。这看得我有点感动，仿佛一个很少被接受的人突然和他人产生了共鸣。我也想对他们说，请放心，我改不了。

这也是我跟你写信写得开心的原因之一吧，咱们有很多相似点，相似的爱出走、爱离开，相似的不接地气和不红。哈哈！

祝你一直这么不红。

Yours，就比你红那么一点的

SSS

哦，对了，听说你出新书了。你这么不红，有点担心你的销量。哈哈！好吧，还是祝你新书大卖。我想，好在中国人多，像咱俩这样“生活在别处”的，应该也大有人在。

◂ Dear **SSS,**

我此刻在维珍航空的dreamliner（波音梦幻客机）上给你回信，见字如面。先恭喜你成为康泰纳仕集团全球最年轻的主编，由衷地为你感到高兴；其次我想告诉你，其实你蛮红的，红不红这件事情主要看受众是什么人，你又不是上春晚，没必要那么红。

我想起我们去年秋天在伦敦度过的那个下午——在Battersea Park（巴特西公园）看展览，在泰晤士河畔散步，钻进切尔西的咖啡馆吃个芝士蛋糕，去Joseph（一家买手店）看看时装，晚上去俄罗斯人开的中餐馆吃饭（竟然很好吃）。你说，真好，但是很快要回北京履新，黑压压的工作即将摆在面前。其实我有时候也工作很久，那种工作劲头把英国人都吓到了。但我大多数的日子都过得散漫，你形容我的伦敦生活是“篱笆、女人和狗”，倒也蛮贴切的。我前几天带着 Pepper 在海德公园走了三个小时，狗到最后都累了，你不知道我有多么享受脚下的那片芳草地和晴朗天气里清透的风。有时候我去博物馆待几个小时，有时候独自去看场电影，有时候一个人逛百货公司。今天我在希思罗机场候机的时候还开了半瓶香槟喝，年纪渐长，越来越享受一个人的闲散游离。不受人关注是件特别好的事情。

我前几天去 Tate Britain（泰特美术馆）看 David Hockney（著名英国艺术家）的展览，非常喜欢他画里的色彩，他 80 多岁了仍在坚持创作，作品依然充满了生命力。展览有一个部分展示了他运用电脑软件作画的过程，我看了很受触动。让自己沉浸在热爱的事里，总是会被人赏识的。David Hockney 可能是还活着的艺术家中作品卖得最贵的人了。其实，红不红也靠运气，很多人画得非常好，但一幅也卖不到几百万英镑。

你说你不红，但其实你是我认识的最努力的人之一，我常常钦佩你的精力和热情，源源不断地产出让人耳目一新、可圈可点的内容。老实说，很多红到发紫的公众号都蛮土还蛮爱讲道理，如果自身的视野并不是很开阔，又很爱讲道理，还写出文章让人阅读，就是种祸害。所以你这样挺好，不要太接地气，不然让人仰望谁呢？你看看市面上的畅销书，有几本是值得畅销的？我是个非常不畅销的作者，我不畅销倒没有别的原因，是因为我写得并不算好，而且我不拼。但有些畅销书，真的连印出来的资格都不应该有，有些高票房的电影也是一样。

毛姆在《人生的枷锁》里写道："世界上只有两件东西让我们的生活值得苟且，那就是爱情和艺术。我总觉得你我应当把生命视作一场冒险，应当让宝石般的火焰在胸中熊熊燃烧。做人就应该冒风险，应该赴汤蹈火，履险如夷。"我是赞成赴汤蹈火的，但赴汤蹈火有很多种方式，像我们这样，放弃很多现实的东西，宁愿"生活在别处"便是一种赴汤蹈火。我喜欢这种赴汤蹈火的方式，仿佛真的有宝石般的火焰在胸中熊熊燃烧。

最后，有一点我跟你略不相同，我还是蛮八卦的，我经常在网上看八卦，有时候我还会查维基百科，谁和谁结过婚，谁和谁分手后又跟谁结婚了。我那天在切尔西的餐厅看到休·格兰特，我的朋友们都没认出来（因为他实在是太老了），只有我一个人发现了，我还发现他身边坐着的人并不是他那位瑞典女朋友。前几天我在哈罗德百货，跟我爱的 Emma Thompson（英国女演员、剧作家）在厕所撞见，她粉黛未施，脸上挂着亲和的笑容，我也是一眼认出了她，她还进了我刚用过的那个隔间呢！我甚至专门去 High Street Kensington（肯辛顿高街）上的 Whole Foods（全食有机超市）买菜，希望撞见哈利王子的新女友……你看看，明星们这种被万众瞩目的日子实在不好过。

好了好了，我不说了，不然不八卦的你要翻白眼了。飞机此刻已经飞到清晨时分，机翼那端有绛紫色的霞光，太阳很快要从海平面上跳出来，但愿我的信飞到你邮箱的时候，北京是个晴朗的天气。

Regards,

Jane

From Virgin Atlantic Dreamliner

（维珍大西洋航空波音梦幻客机）

和赛赛在 battersea park 看美术展。

其实，红不红也靠运气。

你说你不红，但其实你是我认识的最努力的人之一。

想着浪迹天涯，
又舍不得北上广的一套房

-

2017-04-13

·San Francisco·California·Stanford·

▸ Hi Jane,

最近去了巴塞罗那，闲逛、会友，有次吃饭时朋友带了自己的男友老贝。老贝个头瘦小，看起来其貌不扬。那晚我们正襟危坐地吃“米其林三星”，老贝却还是乱糟糟的鸡窝头。他性格特别好，总是嬉皮笑脸的。他是本地人，可能因为做视频相关的工作，他特别喜欢东张西望、观察别人，每次上菜都一直盯着看，让人误以为他是外地客。朋友问我吃得怎样，我过于坦诚地说吃不惯、不喜欢，只有最后一道“甜点”削橘子片儿很惊艳。而老贝则心满意足地觉得那是他吃过的最好的一顿。也是，一顿饭吃掉他近十分之一的薪水。

老贝爱拍照，好友也爱拍。每次老贝拍完总会被朋友数落拍得角度不好，这里取景不好，这里拍得好胖好丑……但老贝跟我说他觉得拍照很多时候都是随意才好，某个瞬间，某个角度，为什么一定要横平竖直呢？“老贝总说为我拍了一张特别好看的照片，但一看他发过来的照片，里面的我都是张牙舞爪的……”我朋友苦笑地说。有天下午闲逛，我们巧遇了也在闲逛的老贝，他脖子上挎一部老式胶卷相机。“你怎么不上班啊？”“阳光这么好，我就出来走走。”“下午还上班吗？”“没想好啊，看心情。”

老贝连挎相机都不好好挎，相机带经常斜挎着。听说巴塞罗那洗照片、买胶卷比国内贵8倍（也太夸张了吧！），我问朋友这么穷的老贝是怎么冲洗照片的？“他啊，他少照呗，照之前得想半天，我照100张，他就只照1张吧……”可朋友的话音刚落，老贝就拿起相机冲着角落的一束小黄花“咔嚓”了一下。不知他那一刹那有没有想过要花多少钱，又值不值得拍呢？老贝冲我挤眉弄眼，笑一笑，又出去和咖啡店女老板在窗外手舞足蹈地聊天去了。这个特别惬意的咖啡店装修时也没钱，墙面还是老贝刷的。墙上钉几块板子，只是随意粉刷了一下，却丝毫不影响咖啡店的醇香氛围，以及午后照入小院的温暖阳光。

看老贝边笑边舞，我突然好感慨，我喜欢、向往着，也很珍惜这个状态。一直以来我都是老贝的反面。小时候教育和生长环境让我一直都觉得自己要更好，但又不够好，好像怎样都不够。所以无论花销、时间、工作还是飞机座位，我都会提前规划好。我觉得凡事经过计划、努力才会做得更好，有时面对感情也如此，但一切如手中流沙，抓得越紧越是一手空。也许是围城，也许只是单纯执意地向往自己缺少的东西，但在阳光下，我觉得那种自由、随意的状态才是人生应该有的，而这跟钱其实没什么关系。

Yours，阳光下的

SSS

自由、随意的状态才是人生应该有的。

飞机晚点了，

但看到了壮丽的太平洋晚霞。

◂ Dear **SSS,**

我最近待在上海，读着你的来信，感触就更深一些：老贝这样的人，搁在现今很多地方都算是彻底的 loser（失败者），年纪不小了，没有钱，也没有名，能住在巴塞罗那是他的幸运。

我过去几个月跟很多陌生人交谈，老的、少的、男的、女的、体面的、潦倒的，聊天聊得不着边际，天马行空，但有一个共同点：欧洲人，就算很年轻，也有大把的有关个人经历的谈资，这些经历并不是在什么地方求了学、谋了职、赚了多少钱、置了什么业，而是他们去过哪里、玩过什么、爱过谁、有过什么样的个人创作——那些创作与创业、谋生、出人头地大多不相干。

在伦敦时，我认识了好几个人，他们知道我写过书，也跟我说起了他们的写作经历。令我惊讶的是，很多人都曾写过小说，虽然不见得有机会出版，但他们的确都有自己的作品。讲起来，文艺创作对他们而言是一种经历，也是一种理想，但不见得是为了扬名立万。

你喜欢、向往、珍惜的状态需要一个宽松散漫的社会大环境。目前中国的很多职业作者写文章都有一套固定的模式，标题必须惊心动魄，写作也并不是为了让某个固定的人群去了解他们的心声，而是为了点击率，写给谁看其实不重要，重要的是看的人多不多。我还是觉得有些遗憾，写给不相干的人，写作还有什么意义嘛？

你和我，出生成长于发展中国家，做任何事都是千军万马过独木桥，竞争太激烈，稍有一事没有计划好，就有可能被时代抛弃。现在中国很多大城市的经济已经赶超那些萧条的欧洲国家了，但我们的紧迫感太强，必须在人生的不同方面表现得非常稳定。

人人心中都有一个老贝，但是你敢把老贝放出来吗？

我回上海待了两个月，去了不少聚会，聊天聊着就走神儿了，总是三句话不离房价，听着听着我也不经意地沉浸在房价飙升的恐慌中，虽然我还没有孩子，但听着他们谈论学区房、早教班，也有种心灰意冷的累。我们中国人的成功模式还是略单一了些，总想着要累积更多的财富来确保自己的社会地位，所以很难活得像老贝那样。

我实在很难抱怨我的现状，很多别人没有的东西我有，我也舍得放下一些我没有的，而且我想通了，已放弃的东西也不会再回头去追求。人最怕的就是左顾右盼，举步维艰，想着浪迹天涯，又舍不得北上广的一套房。

人到中年，我觉得经历最重要，物质世界量力而行，精神世界超然丰富，走得远一点，多去爱一些人，能活出自我，这辈子就值了。

你说呢？

Best regards,

Jane

这个世界上，
要是没有爱情就好了

-

2017-05-02

·San Francisco·California·Stanford·

▸ Hi Jane,

上次你说道："人最怕的就是左顾右盼，举步维艰，想着浪迹天涯，又舍不得北上广的一套房。"我看笑了，又马上想到一个问题问你，也问我自己：浪迹天涯，需要一个固定伴侣吗？还是说一个人自由自在也挺好？

跟你讲一个我朋友的故事：她相貌出众，事业有成，年纪与你我相仿却一直没男友。她有心找，却总没有合适的，看上的不是太贪玩，就是她自己不够喜欢。

在罗马，她遇到了 Alessandro。跟意大利大多数过于懒散的青年不同，Alessandro 还挺向上，有生活目标，跟三两朋友开办了个语言学校。他相貌英俊，一米八几的个头在意大利男人中算是伟岸的。Alessandro 特别爱笑，听她讲自己的故事时，眼睛会放出迷人的亮光。她说她从来不去夜店，自己也不会跳舞。Alessandro 有点吃惊，说：“瞎说，人人都会跳舞。”他几年前还拿下了意大利交谊舞大赛冠军。

有天晚上，两人喝到酒店 Bar 打烊了，意兴阑珊，回到她房中，继续喝了一会儿就躺在床上聊天。他第一次吻了她，那种，仿佛电影中的热烈亲吻，而她的手抚摸过他的头发和顺滑的后背……待到 Alessandro 要走时，他一边穿衬衣一边随着音乐慢慢摇摆：“来，跟我一起跳。”她被他一把拉起来，被他抱在怀里左一步，右一步，整个人随着音乐轻轻摇摆，她能感受到他的心跳和臂膀的温热。她在他怀里向上望，那是这座百年老建筑辉煌的雕花屋顶，听着舒缓的音乐，身边还有一个英俊的男人，感觉这一切都好像在梦里。音乐中放着一首她喜欢的西班牙语歌，她问会说西班牙语的 Alessandro：“歌中唱到的 Estoy Enamorado 是什么意思？”他说：“在爱中。”她喜欢 Alessandro，但毕竟两人远隔千里，即使自己有意努力，一下子搬到意大利也不太可能，而那样的男人在当地大概率是别人争抢的对象。由于相遇并拥有这样美好的约会都是小概率事件，她就在想是不是一个人也挺好？

你越成长，越出色，给自己画的圈子就越小；你越知道自己要什么，习惯什么，为对方付出的心理成本就越大。你需要足够爱他才能放下自己心中所求，找到两人的平衡。有个固定伴侣当然好，两人能互相依附、支持，但隔壁新婚的小两口周末从傍晚吵架到天明，平日文静的女生歇斯底里地吼叫仿佛月圆之夜变了狼……这样真的就幸福吗？当然，在一个人去沙滩、餐厅或入住某个景观无敌的套房时，她还会想，这时身边有个伴该多好……

你上次结尾说："走得远一点，多去爱一些人，能活出自我，这辈子就值了。"所以，你觉得是找一个人托付终身，还是任他去留，有就恋爱，没有就自己一个也挺好？还有，你觉得我这个朋友如果疯狂地执意搬到意大利，会不会把Alessandro吓跑呢？哈哈。

To be, or not to be?（生存还是毁灭？）

SSS

走得远一点，多去爱一些人，

能活出自我，这辈子就值了。

◂ Dear **SSS,**

我前几天在网上看到一句话："这个世界上，要是没有爱情就好了。"这句话令我回味许久，好像一颗石子剐破思绪的水平面。凡人绝大多数的精神苦难来自感情，王子与庶民，无人能幸免。换句话说，除了健康和爱情，大多事都可以通过自身努力争取、掌控，但就是爱情不行。有些人为了摆脱这种苦难，选择一个人生活。我前几天跟一个朋友吃饭，他是个在宝马工作的帅气德国小伙，今年 35 岁，有博士学位，现在独自居住在上海。我说，获得爱情比获得博士学位难。他说，在爱情这件事上，其实越优秀的人越难，有些人没念博士却有女朋友。我的另一个朋友跟他的狗住在一起，44 岁，不再追求 relationship（亲密关系），他说，been there, done it（爱过）。德国小伙跟我说，他寻找的是 something more meaningful than just a date（比简单的约会意义更深的关系）。

我想，你、我、你的那位女性朋友，还有我的那两个男性朋友，都是各方面非常独立的人，随着年龄增长，对爱情的要求只会增，不会减，因为大不了我们可以一个人过。

有个固定伴侣是特别美好的事。我有一年失恋去泰国旅行，住了一个特别好的酒店，一大早起来淋浴，发现浴室里的喷头是双人的，我都快哭了，这个世界上有太多事情跟单身的人过不去，订酒店的时候，我怎么知道会有双人喷头这么触景伤情的东西啊！后来淋浴结束，我跑到泳池边吃早饭，看着那里腻歪的情侣和带着孩子、父母度假的中年夫妇，我又觉得一点都不羡慕，因为我内心期盼的是某个具体的人，而不是某种生活状态。你会随便找一个人陪着你度假，跟你一起 check-in 某个景观无敌的套房吗？至少我的答案是——决不。不过反过来，也有很多人向往的是某种生活状态，只要那个状态可以达到，内心深处那个具体的人则是可以改变的。可能我还是太执拗，我做不到。

人的一生中，会遇到好几个 Alessandro，会体会若干回 Estoy Enamorado。爱情是短暂的，得到爱情再失去它，过了一阵子，还是会怦然心动，反反复复，直到那个长久的固定伴侣出现。这件事情靠的是机遇和运气。我不知道你的朋友搬去意大利会不会吓跑 Alessandro，其实“修成正果”与“跑掉”都有可能，这和她自身有多在乎或多优秀并没有直接关系。我觉得需要的是一些判断，人与人相处，很多事情都是掩藏不住的，Alessandro 是不是认真的，是不是 ready（准备好的），但凡聪明点的女孩子都可以感受到。如果 Alessandro 让她有信心，我想她没有理由不去义无反顾地爱一回。

也许她去了意大利，过上若干年，和 Alessandro 最终还是以分手收场，但一切美好的都体验过了，哪里有什么损失？我们怕付出真心，给自己画小圈子，其实还是对那个人没有太多信心，害怕失望。那些自由的个体，因为还没有找到那个完美的另一半，选择一个人生活，哪天真找到了，他们的自由并不会减少毫厘，或者说，只会甘之如饴地承担一些不自由。我也热爱自由，但不会因为要摆脱短暂的爱情，或是爱情有可能会带来的苦难而选择一个人生活。只要自己 Estoy Enamorado，时机到了，就可以随时跳上一支舞。倘若时机还没到，就等着呗，大不了可以一个人过。

再一次离开上海的

Jane

人若是不出趟远门，就无法回到一张书桌前写作

-

2017-05-22

San Francisco · California · Stanford ·

▸ Hi Jane,

最近，我去秘鲁坐了一趟火车，同行的几个西方记者挺有意思的，写给你看。

Michael Kerr 一直在 Telegraph（每日电讯）报社工作，做过各种版面，直到机缘巧合落在旅行版才找到自己所爱。报业连年萎缩，旅游版却格外坚挺，不断加厚。他派遣作者撰写文章，自己却没时间出去游历和写作。为了旅行，更为了自己多写字，于是人到中年突然决定辞职上路。他开了个博客，名字也挺幽默：Deskbound Traeller，“因为我还要回到桌前写作啊”。积淀深厚的 Telegraph 也还是一直找他撰写文章。

在所有特别认真、热爱记笔记、提问题的西方老记者中，Michael 还是很特别。他小本不离手，而且总是若有所思的样子。别人是听到介绍的时候记，而他不一样。有次坐船两个多小时，几乎所有人都在昏睡。中间我醒来，却看见 Michael 一人站在船中，凝视远方，做思考状，然后又坐下在他的小本上奋笔疾书，就这样记了一路。

Michael 涉猎广泛，跟他聊旅行文学，他随时能引经据典，并能对比各种作家的特点等等，这让我很崇拜他。他的下个目的地是阿拉斯加。“今年是俄罗斯把阿拉斯加卖给美国的 150 周年，在那里的偏远地区还住着当年俄罗斯人的后代，他们还说着一种在俄罗斯已经消失的方言，而且在那里你还能找到俄式的东正教堂。”若不是我觉得国人大概不会关心这个角度，我真想派他为我们杂志去做个这么有个性又深入的题目——“在美国发现俄罗斯”。

Aaron 一直为伦敦的媒体工作，可能在伦敦逼仄惯了，一次他到科罗拉多州的丹佛，飞机下降时他格外吃惊：天哪，这是什么地儿啊，居然都是荒地。一望无际的科罗拉多在他心中留下了深刻的印象。回到伦敦，他觉得自己今后几十年的生活都看到了模样，于是就毅然决然地说服妻子，把家从伦敦搬到了丹佛市郊的小镇上。现在他很享受自己的生活，周末就能去大自然中撒野。没想到，他还因此得到机会帮英国大报报道所有跟美洲相关的旅行新闻。

Shaun 是个老帅哥，身材高大，鼻梁挺直，看得出年轻时甚至现在应该都艳福不浅。他特别 Social（爱交际），爱笑，性格也很好。一问才知道，过去二三十年他一直做销售，在加州北部的高科技公司做全美销售 P，收入很多，但做得十分没劲。离婚是他人生的转折点，他突然变成单身汉，压力也没那么大了。公司想升他做全球销售 P，但他说："不，我要去干我自己想做的事了。"他开始做摄影师，到现在已经七年了。听说前四年特别难熬。也是，想想一个习惯指点江山的帅哥高管，要在中年时跟着摄影师做学徒助理……Shaun 现在拍照也特别认真，经常上蹿下跳，有时我刚下车，他就已经不知道蹿到哪个山头去拍照了。

我跟这些有趣的旅游作者一起玩了两三天，虽然不是很熟悉，但挺喜欢他们的。虽然他们每个人的路线不同，但都是人到中年时做了巨大的改变，放弃常规，拥抱所爱。这个过程一定没有听到的那么容易，但也肯定没有想象的那么难。毕竟，他们是朝自愿又热爱、期待的方向前进，发现自我并追逐、拥抱自我，这不正是人生中最重要的吗？

你的人生也在经历这种改变吗？在柏林，你遇到什么有趣的人了吗？

在从达拉斯飞回北京的机上

SSS

火车一早停到海拔 4000 多米的 La Reya 山脉脚下，

Shaun 又飞跳进“沟壑”创作去了。

◂ Dear SSS,

说到火车，我最近也坐了一回，从阿姆斯特丹到柏林。这趟火车历时 6 个多小时，正好赶上大中午，我被太阳晒得昏昏沉沉，睡着睡着，忽然听到隔壁车厢里传来一阵手风琴声和歌声，中气十足，彻底让我从昏昏欲睡中清醒了过来。我很好奇，想打探一下大中午谁在火车车厢里唱歌，就起身走到隔壁车厢去，刚打开车厢的门就惊到了：这都什么人啊？！是穿越了吗？

我眼前有六七个穿着传统的巴伐利亚服装——灰绿筒袜、土黄色 lederhosen（皮短裤）、苍绿色碎花马甲、插着羽毛的帽子，留着大大络腮胡子的德国男人举着啤酒，气壮山河地在车厢里唱歌。唱着唱着还不时碰杯，把歌声送向另一个高潮。你看过《茜茜公主》吗？他们一个个都特别像茜茜公主的爸爸，仿佛巴伐利亚的马克斯公爵带着他的朋友们从古代穿越过来，在一节列车上豪迈地欢唱。我倚着车窗听了好一会儿，问列车员："这些人是演员吗？是德国高速列车请来为乘客助兴的？"列车员擦着啤酒杯笃定地说："不是，他们都是这节列车的乘客，应该是从巴伐利亚来的。"

这群巴伐利亚老人旁若无人地唱着，也许这就是他们的日常生活，穿着德国传统服饰，踏上一列火车，喝着啤酒唱着歌……却让隔壁车厢的一个亚洲人有种惊奇的穿越感。旅行是不是特别迷人？人若是不出趟远门，就无法回到书桌前写下一个故事。

我最近出了一个月的远门，飞机、游轮、火车坐了个遍。大多数时间，我都是一个人旅行，虽然一个人出门比较贵，吃东西时也不能点太多，但让我有足够的空间观察这个陌生又瑰丽的世界。不需要按既定的时间出发集合，也不需要照顾他人的喜好，随时可以停下来，也随时可以走，还可以像 Michael 那样总是"若有所思"。工作的时候，我喜欢选择飞机作为出行工具，但旅行的时候只要不赶时间，我会坐火车。我喜欢坐火车，几年前我写过一篇文章《多了个伦多》，讲述我在加拿大坐火车旅行的经历，从多伦多到蒙特利尔的那几个小时火车，好像是我星际飞跃的专属休眠舱，至今都觉得很享受。

你问我，我的人生是否也在经历 Shaun 那样的改变，我想说，我没那么纯粹。毛姆写的《刀锋》和《月亮和六便士》都讲述着人的变革，放弃常规，拥抱自我。但在两本书里，我都没看到清晰的观点：是好，还是不好。人的变化，多半都经历了内心的诸多撞击。也许在现实中败北，也许是天性使然，放弃常规不见得适合所有人，结局也不一定会很圆满，但它一定适合一些人，也许 Shaun 就是那样的人。我总觉得，放弃常规是需要资本的，我知道我的资本尚且不够。

我说过多去一个城市总是好的，并非对现实失望，也许这是我血液里的天性。有的人是农耕民族，需要成家立业的安全感；我是游牧民族，需要流动带来的澎湃活力，所以我愿意尝试从“销售总监”到“摄影助理”的转变，我常常可以从新生活中找到乐子和满足。

柏林是一个让我相见恨晚的城市。有个慕尼黑人问我是否喜欢柏林，我告诉他：“I like Berlin and what I like best are those contradictions...”慕尼黑人嫌柏林有些破和脏，但我喜欢柏林这个矛盾的城市。我在柏林新认识的朋友带我去了这里最好的 bar 喝香槟鸡尾酒，bar 里的酒保浑身刺青，长得凶神恶煞，但是语气却极度温柔，简直跟伦敦丽兹酒店的态度丝毫不差。他在我们面前调酒，我的朋友说，他不是酒保，他是个艺术家。柏林有趣的人和事太多太多，下回我再慢慢告诉你。

Best regards，感觉要搬来柏林的

Jane

所以，我们，
慢慢看着办吧

-

2017-07-03

San Francisco·California·Stanford.

▸ Hi Jane,

我的好友们都进入了结婚生子模式，随着好友群里第一个宝宝诞生，我们的话题和聊天传图也都开始跟娃有关了。虽然我单身，但在旅途中看到周围的父母和小孩，又对比了中国和西方，心中也慢慢地给我未来的儿子画了个像。

在九州，我问在日本生活了三十年的女导游，为什么日本人会这么安静、守规矩，她说因为日本人从小教育孩子“不给别人添麻烦”。学校的墙上都会贴着这样的标语：做一个关心他人、体谅他人的人，一个对他人和社会有用的人，一个不给他人和社会添麻烦的人（日语原文：思いやりのある人；人と社会に役に立つ人；他人と社会に迷惑をかけない人）。说得很简单，但我当时就觉得这条很好，说到底没礼貌的人根本意识不到别人的存在。例如，排队时有人撞你，在飞机上外放音乐……这些都是。我希望我的孩子有更多尊重他人的意识，做事多为别人考虑，不给人添麻烦。

除黑白以外，我会从小给他穿有灰度的颜色。浅蓝、淡紫、墨绿……亮丽荧光的颜色只做点缀。你能从衣服的颜色简单粗暴地判断来者属国——敢穿艳粉 Legging（紧身裤）出街的美国人比欧洲人多，穿一身艳色 Juicy Couture（橘滋，时尚品牌）的东亚人几乎只可能来自中国。日本人的颜色比韩国人素，韩国人又比我国同胞素，这一般是成立的。过于鲜艳的颜色不是不好，只是在他建立自己的喜好之前，我希望他能从素雅开始建立审美。而这些素色不张扬，不刺眼，我想也能帮他塑造好的性格。

我会从小带他体验各种兴趣爱好，帮他找到自己的一生所向。我最大的幸运是十几岁时迷上杂志，当时学习差但父母并未阻止，因此我十三岁就定下自己将来的职业目标并为此矢志不渝。而一直以来我碰到的各种朋友、刚毕业的学生，他们最大的困惑就是不知道自己要做什么，这时我就会鼓励他们先找到自己热爱的事情。所以，我希望从小带他体验更多的事，去林间徒步，去听音乐会，甚至陪他去圆石滩看我自己并没有那么感兴趣的古董车，说不定他会找到自己的爱好？只要他找到爱好，只要健康，无论将来“钱途”怎样，我都会鼓励他追寻所爱。

说到钱，我会给他买一些名牌、好东西。这样做，其实是想让他处事不惊，并且让他自己体会什么才是好的。我会告诉他那个专门做鞋的品牌，鞋子搭配浅色袜子时，袜子也会被染色；而那个著名的包不过是人造革，摸起来都不自然。我深知市场营销和品牌的厉害，所以只有他真正拥有这些、切身体会过后才能知道，什么是真正属于并适合自己的。我的品味、价值观不也是一路买过来的？最后，我希望他不骄奢、不恋物、不拜金，知道天地广大，钱花在体验上比花在物质上更有意义。

暂时想到这么多，就先写到这儿吧。我看你最近带父母去了夏威夷，玩得好开心，不知你父母从小对你有什么寄托，现在你是否出落成了他们希望的样子？问阿姨伯伯好。

晚间写于日内瓦隆河畔

SSS

不断去尝试各种新事物，挑战自己，

这是我在LA（洛杉矶）附近第一次做水上瑜伽。

屁股都湿了，不好意思。

◂ Dear SSS,

你也算是个爱幻想的人，你怎么知道你未来的孩子就是个男孩呢？

这话题令我有些措手不及，虽然我已经到了“老来得子”的年纪，但孩子的事情，我的确没有好好想过。我这个人，对孩子的喜爱纯属叶公好龙，只停留在“宠物”层面，我喜欢萌娃，爱跟他们亲近，但我的耐心持续不了多久。我不知道一个孩子对我来说意味着什么，这件事责任太重大了，大到一想我就脑仁疼。但也许某天有幸有一个自己的孩子后，我就忽然像模像样了，谁知道呢？这件事我自己没有经验，但是我可以跟你分享一下，我身边两个初为人母的朋友在她们的小孩分别满一岁和三岁时写的两段小文。

森森住在伦敦，她的混血女儿这个月刚好满一岁，就是我在朋友圈经常晒的那个非常漂亮的宝宝。

森森说：“未来要尊重你的每一个决定，但我非常怀疑自己到底能不能做到，因为即使现在，你对食物说不的时候，我都不能轻松地拍拍手说：‘好吧，那就不吃了。’可是，你看，妈妈真的认真想过这件事，也努力想要做到。这个世上最美好的东西都需要努力才能获得，包括爱，没有什么是理所当然的。

“我没有什么人生建议给你，你会拥有完全属于自己的人生，整个世界都等待你去发现（你会发现妈妈做饭其实还不错哟），你会发现美、梦想、善意、仁慈、孤独、成功和失败……可是妈妈最希望你能发现勇气，发现赤子之心，这样你就不会害怕了。

“将来妈妈必定不会是你最爱的人，甚至可能不会是你最好的朋友，可是我一点也不介意。你能找到所爱之人，再得两三知己，妈妈很安心。希望你健康快乐，成为自己想成为的那个人，在你回头的时候，妈妈永远在这里。”

朱潇是我在纽约的好朋友，她三年前有了一对双胞胎儿子，前几天 twins 三岁生日之际，她写了一段长文，记录为母三年的心路历程，如下我摘取了她对儿子未来期望的一小段。

朱潇说："以前我听说过一句话，孩子是人生的分水岭。有了孩子以后，我才真真切切地体会到了这句话的意义。学业、事业、恋爱乃至婚姻，多多少少都是可以调整、反复的东西，而一旦把新的生命带到这世上，从某种意义上而言，人生再也没有了回头的余地。无论对生活的态度是犹疑还是游戏，有了孩子后，自然要放下一部分自我，才担得起抚育幼小生命的责任。这话听起来严重，但责任的分量自有其美妙之处。没有孩子之前，觉得人生漫长，十年、二十年后，四五十岁的我是多么遥远。有了孩子以后，用他们的成长印刻岁月的流逝，只觉得时间倏忽而去。我心里时时盘算着小朋友们小学要如何、中学去哪里、大学有什么计划，只觉得十年、二十年是触手可及的明日。一边这样想着，一边竟也不怕自己变成四五十岁的中年人，仿佛有了所谓'生命的延续'，对必然要来的衰老也就真的多了一份底气。

"我是在恺恺和畅畅三岁生日前动笔写这篇文章的，想在他们生日的那天写完，也算是个小小的纪念。不过替他们筹备一个小小的生日派对也搞得我精疲力竭，生日当晚没能把文章写完，就拖拖拉拉到了今天。小朋友们已经三岁了，中国人说‘三岁看到老’，我愿意相信他们两个一辈子都会是阳光、快乐、拥有许多爱，也非常懂得表达爱的人。龚小恺、龚小畅，妈妈希望你们两个成长为大树，根深叶茂、生机勃勃，庇荫他人。以此为目标，妈妈会合全家之力，再接再厉，训练你们用马桶，教你们数数，以后会盯着你们学中文、练体育、弹钢琴、考学校。妈妈不会管你们交女朋友的事，但会在适当的时候让爸爸教你们如何避孕。妈妈不会催着你们结婚生小孩，但爸爸说务必要你们多生小孩，不能太晚。妈妈觉得好男儿志在四方，你们要为自己的梦想、事业去奋斗远航，但爸爸说你们以后一定要离我们近一点。所以，我们，慢慢看着办吧。”

朱潇还说：“小朋友们就这样一天天长大，依天地时日之序。”

你瞧，真正为人父母的人，对孩子的期待其实并不具体，没有 1、2、3、4 这些具体规范，而对自己的要求以及一切想象，也可能会在孩子诞生的那刻起变得截然不同，或者如朱潇说的："慢慢看着办吧。"

两星期前我跟爸妈去了一次夏威夷，我们在火奴鲁鲁进行了一次敞篷车 Road Trip（公路旅行）。说实话，出发前我还有些担心，你知道我习惯独自旅行，要带两个老人出门，一来紧张，二来不适应。但事实上，这次旅行让我体会到，以后你也许会最爱自己的孩子，但父母一定是世界上最爱你的人。

我格外庆幸，有一对对世界充满好奇心、依然天真，也无比随和、乐于接受新鲜事物的父母。我跟我爸说，长袖衬衣配短裤比短袖衬衣配长裤要时髦一点，我爸二话没说自此开始了上长下短的打扮。我问："要不要租敞篷车啊，更拉风？"我爸妈说："好啊，那就敞篷车！"我妈是我家最节俭的人，我跟她说："在路上不要省钱好不好？"我妈说："穷家富路，出门就吃好睡好，好好体验！"句句掷地有声，让我特别安心。

他们总是信任我的，这样的态度，对我意味深厚，让我变成了今天的自己。

所以，赛赛，我想说，如果我有孩子，可能不会对他有什么特殊的期待和要求，那也许更是我自我成长的旅程。我不想把自己的想法强加在孩子身上，我只希望，我去了解他，明白他的世界，尽量成为他的朋友，最重要的，是信任他。

不知道你什么时候会有一个孩子，但我知道，他一定会长得非常漂亮。

于柏林倾盆大雨中

Jane

森森的混血女儿。

1周岁生日照。

两星期前我和爸妈去了一次夏威夷，

我们在火奴鲁鲁进行了一次敞篷车 Road Trip。

哪天没有缘了，
就挥挥手，转身告别

-

2017-08-11

·San Francisco·California·Stanford.

▸ Hi Jane,

我认识一个澳洲帅哥教练，他总是傻呵呵的，大嗓门，没事儿就笑。有天他嗓子发炎失声了，我问他怎么搞的，他说睡觉忘关窗户了，然后半夜大雨浇进来，他全身都湿透了才醒。听完我都惊呆了，虽然我对他犯傻有心理准备，但这仍然有点出乎我意料。说完，他又笑开了，仿佛这件事不烦人，却很好笑。

还记得我跟你讲过我朋友喜欢意大利帅哥 Alessandro 吗？那个朋友不可救药地跑去意大利跟他相聚了。为了 2nd Date（第二次约会）飞过整个大陆也是醉了。Alessandro 也算给力，在百忙之中抽出了个周末跟她一起出城度假。

阳光、海水、小镇，她玩得很开心，对 Alessandro 的喜欢也增加了。“但我也陷入了深深的惆怅，我俩的生活完全不在一条水平线上，他最大的烦恼是一起开语言学校的合伙人不靠谱，周末或平日晚上没事就和室友吃吃喝喝，吃喝完了就放音乐在家里跳舞唱歌闹一晚。”我太懂我这个朋友了。她的工作压力巨大，每时每刻都在回Email，效率极高，也总能为公司或自己设定的目标付出很多。当然，好处是只要她想，就能不做任何考虑买来回的商务舱机票去欧洲2nd Date。所以，即使她不在乎经济、经历上和Alessandro的不对等，她也无法调剂生活复杂程度的不一样。

“周一他早上10点有个会，我们就一大早往城里赶，这一路走得我又很伤感，好像如梦初醒。但Alessandro却一直挺high（兴奋），快到市内时遇到大堵车，我的‘过度靠谱症’就上来了，马上像在公司一样查备选方案：Waze（位智）或Google Map（谷歌地图）会有更捷径的路线吗？但Alessandro却特别淡然地笑说：‘堵车我能怎么办呢？如果要晚最多也只能晚1小时，而且还能多（跟你）待一段时间。’你知道吗？连过Speed Bump（减速带）他都会傻笑说：‘你不觉得这咣当一下挺好玩的吗？’”

不会，我的朋友（还有我）在北京着急赶路时可不会想这个。也可能因为如此乐天、简单的想法与她不同，朋友才会喜欢上他。

朋友走的时候百感交集，她喜欢 Alessandro 的简单，那种简单也仿佛一面镜子照到进入职场厮杀之前的自己。可能也正是因为她内心还保持着简单与童真，才不在乎物质条件的天壤之别，去喜欢这个会即兴带着她跳舞的男人。可是，时过境迁，她的成长与变化让她似乎再也无法跟 Alessandro 在一起了。“即使在一起了，他可能也会慢慢跟我一样需要愁更多的东西了。他可能无法再坐在车上傻乎乎地振臂高呼了……”我朋友苦笑了一下。

在洛杉矶的 Manhattan Beach（曼哈顿海滩），我在海边栈桥上闲逛，看着桥下几个男孩冲浪。他们都特别阳光、健康，坐在冲浪板上，望向远方，等待下一波大浪的出现。我特别喜欢这种能够集中精神在一件简单事物上的运动，不用 Multi-task（多任务），不用查项目进度，更不用考虑复杂的人际关系和利益，只要盯着正前方就好。如果我有小孩，也希望他能过得特别简单，傻笑傻唱，无论被雨淋透还是路上堵车，都能自己找乐子、寻开心。不知他，或者 Alessandro 能不能一直这样简单、快乐地活着？

柏林怎样？你遇没遇到这样的人？你觉得这样简单地活着好吗？

P.S 这个周六北京的天居然蓝得不太真实，可惜你错过了。

SSS

◀ Dear **SSS,**

有道菜叫开水白菜，名字听着平淡无奇，样子也普通，乍一看就是清水里浮着几片白菜，但这其实是一道御膳国宴，汤熬得如清水一般，味道却出奇浓郁。我猜，你那个飞几千公里去赶赴 2nd Date 的朋友，内心所希冀的“简单的快乐”应该是一道开水白菜，而不是开水加白菜吧？

我这么形容可能有点刻薄，毕竟傻乐也是乐，但她现在的状况，可能会在休假的时候因为一个 Speed Bump 心情“咣当”一下。但到了一定年纪，长期处于某种生活状态之后，谁都无法骗自己。这种无虑的轻松其实持续不了太久，我猜她尚不愿意因为约会而放弃自己的生活。你说得很对，“即使她不在乎经济、经历上和 Alessandro 的不对等，她也无法调剂生活复杂程度的不一样”。

你喜欢安缦酒店对不对？安缦大多都是极简风格，我猜你的那位朋友也会喜欢，她要的是短暂的风格转变，但品质不能减，品质减了，一切都将面目全非。与人相处也是一样的，她习惯的、需要的、适合她的品质，其实依然还是“靠谱”。

只是“靠谱”的人可能很无趣或者复杂，Alessandro对她来说，是一种“改变”的可能，但人会变吗？会的，会往更复杂以及更高的水准上变，或往返璞归真上变，这两种变化的前提都不是“简单”。

如果Alessandro之前与她是一样的人，过着差不多的生活，如今打算放弃较好的物质条件，过简单的生活，那么这两个人是可以相互理解的。但Alessandro并不了解她的生活，这种不了解需要一个人去适应另一个人，对谁都不太公平。

我能稍稍理解你的朋友，Alessandro对她来说，也许就是一个Speed Bump，但你应该更了解你的朋友，更多时候她需要一架没有乱气流的波音787带她去更远的地方，实现她想要的东西。这种需求的实现，也许无人能给她，也不需要人给，自给自足就可以，但同时身边的人无法感觉到她身上的巨大压力和隔阂。如果 Alessandro 要跟随她去体验她习惯并享受的生活，同样也不太公平，可能一张安缦的账单就会把他吓倒。吃惯山珍海味的人，偶尔想清淡一点，可是开水加白菜的味道不会让她真正满足，她要的是跟她一样懂得开水白菜汤底的人，那种惺惺相惜的简单快乐才能让她安心，你说，对不对？

我不是说你的朋友难离物质生活，但物质有时候表现出来的，是人的认知和价值观。我有个女性朋友买了双心仪的鞋，但这双鞋蛮贵的。她平时从不随意挥霍，买得少而精，她的约会对象其实比 Alessandro 主流多了，他听说后立刻表示："什么？一双鞋 700 多英镑？你不会买一个代替品吗？"她听了气不打一处来："我不要代替品，买十双代替品也难以带给我这一双鞋的满足。"他认为会有代替品，这就是认知的隔阂。认知和价值观的差异，让他们未能约会太久。我的朋友并不是那种物质女孩，她买鞋也不会让他埋单，但他的干预，让他们的三观矛盾凸显。他可以只穿 70 英镑的鞋，但女朋友买双 700 英镑的，他也不会觉得不对，这样他们的认知才是一致的，才会让两个人相处起来舒服。认知一致的前提是相似的生活经历，两个人可以一起享受米其林，也可以手拉手去路边摊。

总而言之，我觉得你和她这样的人，都不会向往真正的“傻乐”。你们要的是偶尔的能屈能伸和一些返璞归真的纯真，但“振臂高呼”久了，你可能不会觉得那是纯真吧？

长久的爱情说白了也是人以群分，可以异国恋、姐弟恋，但归根结底还是得三观一致。如果 Alessandro 足够自信，其实你的朋友也不用过分担忧，生活的差距是可以渐渐缩减的。但我活了 30 多年，那些活生生的例子告诉我，遇到这种生活复杂程度不一致的情况，先撤退的，一般都是 Alessandro。

愿你的朋友，与有情人做快乐的事。哪天没有缘了，就挥挥手，转身告别。

柏林挺好的，德国人傻乐的不多，普遍都想得很多。

Jane

于体感已是深秋的柏林

愿你的朋友，与有情人做快乐的事。

哪天没有缘了，就挥挥手，转身告别。

人生变幻莫测，
总要追求一些不怎么实惠的东西

-

2017-11-03

San Francisco·California·Stanford.

▸ Hi Jane,

今天在信开始之前，我想问你一个问题：你做过最无畏的事情是什么？

10 月 1 日的前夜，巴塞罗那的天空格外阴郁，是这座常年阳光灿烂的城市不多见的一面。

晚上去当地朋友家吃饭，外面突然传来特殊的响声，来自意大利的主人说："全城各家各户每晚 10 点会准时敲响碗盆儿，抗议西班牙政府阻止他们公投。"生长于巴塞罗那的 Jordi 说："不是，是整个加泰罗尼亚（相当于咱们的一个省）都会准点敲响，这响声持续 10 分钟左右就会消失。"

由这个响声我们自然地谈起加泰罗尼亚的公投。Jordi 说因为投票点都设在学校，而第二天警察会去阻止人们投票，所以他准备当晚就去学校打地铺，支援公投。

说到这儿我有点意外，这位大公司高管不但生活繁忙，而且全球四海为家，是否独立跟他真正的小生活有什么关系呢？他说其实也不是为了结果，而是他们想要投票的自由。说这些时，这个中年人脸上容光焕发，稚气得像个孩子。我突然又想到别人说的，外国人总长着一张不受欺负的脸。难道他们天生就如此无畏吗？

上次来巴塞罗那，我走累了就坐在一个小广场的椅子上休息看路人，不一会儿有个穿着邋遢的男人推着车坐到我旁边，他跟我要水喝，我俩就开始聊起来。

一年前，他觉得平日的工作无聊，想探究生活的意义，于是决定云游四海。没钱就索性骑车上路，无论到哪儿都只是随便打地铺，有时睡在田野间，有时睡在繁星下。他也不是漫无目的，先把自己家乡骑遍，再走走著名的圣地亚哥朝圣之路。对于未来他说他不愿想，只想先好好走脚下的路。那个阳光充裕的午后，这段简短的对话让我心旷神怡。

我身边也有如此无畏的人，去纽约我总是喜欢找饶饶，他是我认识的活得最潇洒、自由的朋友了。我俩都是海淀的，生长学习的环境差不多，然而他却活得格外自在。热爱戏剧的他两次辞职，就为了专门去戏剧社好好排练，备战爱丁堡、阿维尼翁戏剧节。他热爱时装，就索性搬到纽约去学，也并非为了文凭、工作，只是单纯喜欢，喜欢就去学。在纽约家中，他让我帮忙拍段视频作业，主题是谈自己所爱：他不断地将自己堆成小山的衣服抛向空中，脸上时而露出笑容，我在镜头后也看笑了：傻样儿……彼时我有着复杂的情感，我真的为他对未来的无畏感动，但又有点担心这种无畏会伤害到他。同时我也特别羡慕这种状态，也在问自己究竟为什么被束缚。

天生无畏并不是对什么事都无所谓，无畏来自对自己内心更执着的探索，不甘心跟随别人的轨迹，平庸地活着。昨天同一个十年前的老同事吃饭时她说：“我听说你拒绝了一个特别厉害的工作机会。”我有点意外于她的消息灵通，但也释然地说：“其实之前这样的机会还有几个，但我几乎连谈都没谈，这跟工作机会、薪酬股份都无关，我热爱制作精良的内容，只要工作内容跟我认定的这条路没太多关系，就觉得跟我无缘。”跟那个骑车人和我朋友饶饶一样，其实你知道自己想要什么或不知道，都可以无畏地去追求。其实想开了后，的确没什么可以束缚你的。

10月1日一早，巴塞罗那的天空更加阴郁了，为公投这一特殊的日子蒙上了忧伤的情感。电视、手机上能看到各种冲突事件，面对这些，我百感交集，虽然我个人希望西班牙统一，但我仍然为这座城市的人暗中叫好。

有态度有作为，这才是我爱的城市里的人该有的样子。也不知 Jordi 此刻在哪片“战场”上高歌抵抗……希望他平安，相信阳光总在风雨后。

Yours,

SSS

其实你知道自己想要什么或不知道，

都可以无畏地去追求。

相信阳光总在风雨后。

◂ Dear SSS,

我最近在学德语，从最简单的自我介绍、问候、在餐厅点菜买单开始，每天早晨刷牙的时候顺便在嘴巴里含口水练习舌音。打定主意学德语的时候，好多人跟我说，你现在要重新学一门新的语言不容易吧？况且德语还那么难。德语的确是迷之复杂，马克·吐温在《可怕的德语》里说：“那时我和哈里斯刻苦学习德语好几周，虽然进步不小，可也是困难重重，更别提这期间还牺牲了三个德语老师。没学过德语的人压根不知道这门语言有多么晦涩难懂、错综复杂。”

但我学德语的愿望如此强烈。

我有天在柏林的超市里，为了买一瓶漂白剂，面对着一排洗衣剂一筹莫展，靠猜、靠查字典都不行，最后只能向工作人员求助，我讨厌这种迷惘的感觉。我去学德语不是为了考证书，也不是为了某个人，是希望自己可以看得懂，在纯德语环境中不再是单纯的“文盲”（文盲是能说可听的，我还不如文盲）。

连续学了几个星期后，有天我拿着一张老师发的 A4 纸，发现上面的每个字我都能看懂了（当然纸上的内容老师都教过），有种非常奇妙且兴奋的感觉。

上课的第一天，老师问班上的所有人为什么要来学德语，答案出奇统一，大多数人是为了拿到证书去申请签证，问到我的时候，我说：“我想看得懂。”为了这个目的，我每天花 4-5 小时学德语，如果要一直学下去，必定还得付出更多的时间和精力，可是，“看得懂”就好像是一张可以兑现的支票。不当“文盲”是我的 motivation（动力）。

很多人成年以后畏惧学习新的东西，会拿记忆力衰退、生活忙碌作为理由：记不住、刚学就忘了、脑子不如小孩好使了、没时间、静不下心……可是我现在发现，我目前的领悟力和学习能力较年少时是有长进的，学习与年龄有关系，但关系不大。脑子不用是会钝的，而且我比年少时候更自律，是自己想要“看得懂”，而不是单纯为了应付期末考试。

学语言就像打怪兽晋级，真正掌握了一门语言的逻辑后，就可以打开那个新天地的大门，从语言的脉络中了解异国文化、历史、人情……这个过程让我感到莫名兴奋。对新体系的认知、身体的锻炼、生活边界的探寻都是如此，如果你觉得自己比怪兽强，多大年纪都不算晚。

我的朋友 Iris 与我同龄，当白领多年，前一阵辞职去伦敦苏富比艺术学院学艺术史，她终日泡在博物馆里，中午啃一个面包，然后急忙赶赴下一个博物馆的课程，乐此不疲。学习艺术让她感到莫大的快乐，哪管如今职场上的大浪滔天。一个月后她回国开了个公众号写艺术，写得深入浅出，将艺术史娓娓道来。十一假期我们在璞丽酒店喝茶，我坐在大堂里对她说：“你看，那些酒瓶子多好看啊！”Iris 拿出 iPad 就画了起来，我顺便看了几幅她存在 iPad 里的画，从不知她还有这项技能。她说，只有画画的时候才感到最安静。她从未正式学过画画，就是自己感兴趣，自己摸索，画着画着就有了不少作品。写艺术的公众号也是如此，用自己的见解去分析艺术作品的同时，需要大量的阅读和研究。她没有想过去画廊工作，也没有想过做艺术这门生意，她在伦敦给我发微信说，太开心了，就想一辈子做个书呆子。那个下午，她侧着头画画的时候，我发现她已然是个无畏的“书呆子”了。

你说的“天生无畏”，在我的意识里，就是愿意从一地鸡毛的生活里抬起头，去学点无用但能让自己感到安静的东西。我想这样的人都天生有一种“勇”，并不是闲得矫情，也不是为了炫耀自己可以脱离世俗浮生半世。

人生是流动且变幻莫测的，总要追求一些不切实际的东西，总要给自己信心，无论多少岁，无论多世故，我们都要像孩子一样，向这个高深莫测的世界要一些古灵精怪的答案。

Regards，德语水平目前达到巅峰的

Jane

跟赛赛在上海见面，

讲述我高龄学德语的近况，

他夸我无畏。

我在上海的这段日子，
每天都会看看柏林的天气

-

2017-12-04

·San Francisco·California·Stanford.

▸ Hi Jane,

最近我去了趟柏林，原因其实很简单：感觉也有一年多没去了，有点想念，而且再不去就太冷了。那几天在柏林约约朋友，瞎溜达，有时也会突然想等你搬过来了，跟你一起在这里走的感觉估计会很妙。

我的德国朋友 Matthias 问我："你为什么会一次次地来柏林呢？"我突然有点愣住了，一时不知如何对答。说柏林美吗？不太美；有历史古迹吗？在欧洲大陆远排不上……"我想可能是因为柏林不那么完美，有种残缺、萧瑟的魅力。"

Matthias 有点兴奋："我也这么觉得，我在柏林住了几十年，见证了它的巨大变化。你看巴黎、伦敦随便哪个地方都是美的，可柏林不是，以前我们穷，没钱剪草，到处杂草丛生，现在有钱了，大家反倒不太习惯修剪了。而伦敦一直是整整齐齐的新绿……”

后来聊到我下午去闲逛的哈克市场（Hackescher Markt，算是柏林的三里屯吧），地产商出身的Matthias说尽管现在这里价格对当地人来说高得惊人，但买这里的房子一直不会错，因为这里是文化、物质、历史、现在汇聚的十字路口。“但你想得到吗，就在90年代，这里几乎是空荡荡的‘废墟’……”

柏林墙倒塌之后，位于东德哈克市场附近的好多房子都成了无人认领的“孤儿”。大批空置的新老建筑、防空洞等有特色的空间，到了夜晚就被这座城市的年轻人临时占据，成了五光十色的夜场。“那时特别疯狂，你晚上在（哈克市场附近）街上走就能看到各处闪耀的灯光，听到音乐的声音，人们会主动把你拽进那个夜场……”你不跳都会被那种解放、那种生动、那种喧闹打动而翩翩起舞。

那时每晚的夜场也不固定，人拉人、人拽人就能随时撑起一个场子。即使是有固定场所的夜场也不怎么赚钱，“酒保会把八成的酒送给客人喝”。虽然当时西德经济发达，物质丰裕，但柏林人认为柏林墙将他们拦在了汉堡或慕尼黑的资本主义之外，保持了低物价和一种新的波希米亚主义。“所有人都或多或少地一穷二白，即使钱很少，我们仍玩得转，酒是免费的，衣服是我们自己缝的……”20 世纪 80 年代柏林夜生活的标杆人物 Gudrun Gut 曾这样说。

哈克市场的发展如同纽约 SOHO，与巴黎玛黑区等全球著名时尚区的历史轨迹一样，最穷也最酷、最性感、最无所谓的孩子们为这里带来了特殊的气质，人气、商业、物欲随之而来。地价抬升，派对散伙，国际品牌一一进驻，今天走在街头，从 Nike、优衣库到 MCM，哈克市场几乎成了个摊开的大商场。穷孩子们排队排到哪里，哪里就能成为新的城市热点，在纽约是 Bushwick（著名涂鸦艺术胜地），在柏林是 Kreuzberg（克罗伊茨贝格，东柏林一个区），甚至 Neukölln（东柏林年轻嬉皮士聚集的一个区）。

来自伦敦的热门城中创意阶层汇聚地 SOHO HOUSE，在柏林的蒲点再自然不过地开在了哈克市场附近，我边走边看边琢磨：这么好的“酒店”怎么会在这么条破街上呢？论斤卖旧衣服的店对面就是便宜的小吃店，卖各式性玩具的店拉着帘，有一搭没一搭地开着，转角一瞥，居然看到了杂草。

然而，我又觉得挺开心：嗯，这才是我第一眼就喜欢并爱到现在的柏林，它跟完美绝缘，有种落难富家公子哥的感觉。但你绝对不会可怜它，反而看看它再想想自己，会觉得自己的生活挺没劲的，远不如它活得潇洒、单纯、尽兴。柏林，是真的活出了境界。

你的德语学得如何？是否到了和德国男人调情的段位？没事，就算语言不行，我坚信上海女人也搞得定。

From Berlin，with Love，

SSS

◂ Dear **SSS,**

德语 A1 我学完了，学得晕头转向。想要用德语调情，怕是饱满的情绪早已一泻千里，我还伫立在那里思考词性，考虑变位和变格，翻着白眼依然未能把一个句子挤出来，罢了。

在我看来，德国是个颇不解风情的地方。在我们中国，遇到个老外能讲点中文，管他用词准不准确，语调对不对，只要咱听懂了，一定会拍着肩膀大肆鼓励："伙计，你中文太好了！"可德国人通常不会，他们会不停地纠正你，纠正 20 遍，仿佛重音说错了，整句话他们就完全听不懂了。

去年在伦敦，地铁上有人踩我一脚，回头对我说"Sorry, darling"。踩到第二脚的时候，他回头跟我说："如果我再踩到你，下车我们就可以去结婚了。”他们好像随时随地都很想抖个包袱。但德国人总是与开玩笑、调情有一些距离。

我早就放弃了跟德国人开玩笑的念头。给你举几个例子。几个月前我在柏林公寓里装一面镜子，来了三个德国人，他们分配完工作，三下五除二就把镜子装好了。装完以后，其中一人回头问我有没有可以擦玻璃的东西，他要把镜子擦干净，出于客气，我说我可以自己慢慢擦。那个德国人打量了我一下，跟我说：“女士，你够不到。”接着他不容分说地抽走了我手里的抹布，自己擦了起来。你瞧，他们的逻辑不是不让女士受累，而是女士根本够不到镜子的上半部分。不过他们走的时候，除了把镜子擦干净了，还把搬动过的家具全部复位，连地毯的卷边都捻得整整齐齐。

我跟我的德国朋友说，德国人好似天生不太懂浪漫，虽然厨具做得一流，但饭做得不太行；机器、器械玩得很溜，但艺术细胞有点扁平。德国朋友不争辩，他摆事实：“但巴赫、贝多芬、莫扎特这样的大音乐家都是我们德国人。”

“莫扎特是奥地利人吧？”

“萨尔斯堡那时候是德国的！”他肯定地说。

“希特勒才是奥地利人。”他又补充道。

“那你是要证明你是个浪漫又充满艺术细胞的人吗？”

“不是。”

总而言之，德国不是一个“flirting（调情）”的国家，当你要开始抱怨的时候，德国人会先跳出来：“对啊，因为我是德国人！”

不过，你我都爱的柏林，却不太像拘谨严肃的德国。柏林，是野生的。不知道是不是柏林墙的关系，柏林比德国其他城市更“放飞自我”。有趣的人都喜欢待在柏林，这里是德国最具国际化的城市，而且这里的外国人最多。纽约和伦敦我都住过，我都很喜欢，但还是柏林最清静。

你应该知道号称“全宇宙最好玩”的夜店就在柏林。不过这个 Berghain Club（柏林著名夜店）与 fancy（精致、高级）毫无关系，你打扮得再光鲜、再名流，也不一定进得去。很多大明星都曾被拒之门外，bouncer（门卫）只会挑选他觉得适合的人进去，还要在门口进行“面试”。网站上有各种 tips（提示），甚至还有网站出了如何回答 bouncer 问题的模拟题，你最好会德语，并知道当晚的 DJ 是谁。此外，必须穿一身黑，bouncer 只会放他觉得真正酷的人进去。不过现在柏林人觉得 Berghain 太游客化了，本地人会等到周日早晨才去。那时候游客们都已经回家了，而他们的派对才刚开始，从周日早晨一直跳到周一，才又酷又丧地离开。Berghain 就是由你所说的那些大批闲置的老建筑改造的。

我预计，英国完全脱欧以后，会有越来越多从事科技和艺术的人士搬去柏林。我以前写过：“柏林随意、个性、杂乱、年轻，大量艺术家和自由职业者聚集在柏林，它不是西装革履的金融之城，也不是奢靡的时尚之都，但它有着谜一样的文艺气质。它不太德国，但依然属于德国，在有序的掌控范围内。它大而冷清，但活力暗涌。”

杂草丛生，的确也是每个来柏林的人都会有的感受，我每次去 Tiergarten（蒂尔加滕公园），都觉得自己误入了一片森林。去 SOHO HOUSE 喝 smoothie（冰沙），在大圆桌边坐会儿，就能看到整个柏林打扮得最奇怪的人，去逛这里的买手店，有时候可以找到很多大商场里没有的东西。出门沿着 tor straße（街道名）走，杂草、涂鸦、设计师概念店、光秃秃的 ATM 机、各类有机餐厅遍布这条街的两边。对了，你去逛过 schönhauser allee 上的 Lala Berlin 吗？它是柏林热门的买手店，隔壁是一家叫 Zeit für Brot 的面包房，很多时髦的人都在那里吃早餐，早起去那儿买个刚出炉的枫糖肉桂卷，会觉得很值。

我在上海的这段日子，每天都会看看柏林的天气，它俨然已经是我在这个世界的另一个家了。我常常会想念柏林的夏天，想念那个清静又生机勃勃的柏林，那个伦敦人都说 cooler（更酷）的柏林，不知道圣诞节，它会是什么样子？

Regards,

Jane

柏林随意、个性、杂乱、年轻，

大量美术家和自由职业者聚集在这里

它不是西装革履的金融之城，

也不是奢靡的时尚之都，

但它有着谜一样的文艺气质。

哪怕遍体鳞伤，
也会更被上苍眷顾

-

2018-02-28

San Francisco·California·Stanford·

▸ Hi Jane,

给你讲个故事。

在阿姆斯特丹闪亮、宏伟如教堂一样的 Magna Plaza（麦格纳广场）旁边有条窄巷，我走在其中路过一家店的时候，被橱窗内一个青铜雕塑吸引，就按铃走了进去。店主老头有些不耐烦地跟我说："其实我已经关门了，但你看吧。"他的店不大，却堆满了各种宝贝，有巨大的 Art Deco（艺术装饰风格）彩玻璃吊灯，还有 20 世纪初 Art Nouveau（新艺术运动）风行时期的荷兰瓷。"这几组竹桌竹椅是荷兰殖民统治时期印度尼西亚人带过来的，他们带这种竹家具漂洋过海，轻便又实用……"

就这样我俩聊了起来。店主 Robert Dusarduyn 生于一个还算富裕的家庭，小时候他的父母在荷兰北部开酒店和餐馆。他一生热爱艺术，20 岁出头就跑到布鲁塞尔做剧院的舞台设计。在那儿的一个酒吧，他遇到了小混混 Jef，“他穷困潦倒，不学无术，但他身上有种特别吸引我的气质。”说起 Jef 时，Robert 这个年近八旬的老人眼里还闪着亮光，仿佛少年一样。

“Jef 是直男。他们都说自己是直的。但有一晚，他躺在我床上就对我说：‘做你想做的事吧……’”就这样，Robert 把他紧紧抱住，亲吻……他疯狂地爱了 Jef 两个月，之后 Jef 因为一把火烧了他俩相识的酒吧而入狱，两人就分开了，之后再也没见过。50 多年后，Robert 说：“前几天我还梦到了他……”Robert 把这段回忆写成了名为 *Jef* 的小说。看到小说背面 Robert 年轻的面庞，我不由得倒吸一口气，感慨岁月的残酷。

你能从他的描述中感受到他对生活的爱和饱满的热情，但他的身体却已几近腐朽。

我看中店里一对颜色浓烈、气质阴郁的陶瓷摆设，因为身上的钱不够，也还想继续听他的故事，就又和他约了翌日到店中喝东西。Robert 继续给我讲他的爱情，陪他最久的伴侣 Bart 也是荷兰人。他们在 20 多岁时相识走到一起，贷款买了现在的房子。“现在市中心你都找不到其他古董店了，因为他们付不起房租，但这房子是我的，所以我还可以继续开店。前段时间有人拿几百万来买，我也不卖，我不要搬到市郊，我这一生都住在城市中心，住惯了。你也不要住到市郊，搬到市郊就会变得庸俗，特别庸俗……”

他俩把这两栋有着几百年历史的三四层老宅一点点改造。现在楼下是店，楼上就是 Robert 的住处。“当时我在大学教设计，一周上三天班，钱也不够用，就开始和 Bart 每周末去（古董）集市。我们会起个大早，然后便宜买入再卖出。如果赚了钱，我们就可以一起吃午饭了……”就这样积少成多，他俩在 80 年代开了这个店。他们共同生活了 50 多年，Bart 几年前骑车出车祸去世了。就这样，Robert 陷入了孤独。“我开这个店也是想跟人和社会多些接触。”

Robert 在几个月前遇到一个从穷困的罗马尼亚出来打工的年轻人 Andre，Robert 免费给他提供吃住，Andre 有时也帮帮忙，做个伴。“我的朋友甚至都不正眼看他，不跟他握手，觉得他要占我便宜。其实我有时也有点不放心，但我需要一个陪我的人。”有时他俩一起看电视，Andre 的头会枕到

Robert 的大腿上，他就会觉得特别温暖幸福。

我把买瓷瓶的一沓钱交给 Robert，他收好，小声跟我说：“有了这些钱，我就可以给 Andre 看牙了。”电视、冰箱都特别陈旧，要不是一个八成新的微波炉，Robert 的屋子看起来就像凝固在了几十年前一样。这里墙上挂的很多画都说得出讲究、来历。我们一起聊我爱的 Thonet（索耐特）椅子，他说他有好多把不同时期的：“我的沙发是 Hoffman（荷夫曼）的，你知道 Hoffman 吧……下次，你去我在安特卫普的家做客，我那儿有一幅画好极了。我已经留下遗嘱，等我走了那幅画是要进博物馆的。”

聊古董，聊人生，聊艺术聊得恋恋不舍，Robert 却该走了。很多年前，他和 Bart 每年都买歌剧院的年度套票，每次上新戏就去看。他今晚要去看歌剧。去之前，他要梳妆打扮，换好 Black Tie（带黑领结的无尾礼服正装）晚礼服。“现在只有我一人去看了，之前那次维瓦尔第的歌剧我不喜欢，太糟了……”

他跟我说我买的瓷瓶是荷兰最好的，如果我转手卖了马上就能赚两三倍，我说我不会卖，因为这样我能记住他。我跟他告别，在蒙蒙细雨中，走出了昏黄的窄街。看看巨大的 Magna Plaza，Robert 的店仿佛微小得看不见。

好久没跟你写信，你最近怎么样，有没有遇到什么留下印象的人或事？

春节

SSS

这本荷兰语小说的正面是 Jef，

背面是 Robert 年轻的面庞。

Robert 每天就这样从楼梯上下来，

通过这个店跟外围世界打交道。

不知下次再见 Robert 是什么时候，

我心情复杂地拍照留念。

◂ Dear **SSS,**

我特别受不了那种年轻时候相遇、分开，余生再也没能相见，老了却依然还会梦到那个人的故事。这样的故事，即使从别人那里听来，我都会起鸡皮疙瘩。大多数时候，时间会抚平一切，但有些人和事，会因为时光的流逝愈加难以忘怀。这种时候，我就格外羡慕那些会写故事的人，把那些凡人生活里不太敢怀念的情感记录下来。

我前一阵子跟一个朋友聊天，他说，40 岁之前，他都是极度理性的人，他深信只有理性才可以驾驭生活本身，选择用逻辑和理智做每一个选择。可最近，他忽然发现，感性才是人类更高级的思维方式，人之所以较动物更高级，是因为我们有情感、有冲动、有记忆、有发自内心的个体差别。他说："以前我很难说服自己做出那些发自内心的选择，我会思考，会权衡，会想合理性和可行性，我觉得那样更聪明。但最近却发现，并不尽然。我的生活是不赖，但如若每个选择都更感性一点，更发自内心，也许我的人生画作会更值得回味。”他顺道赞美了他从前一向看不上的我的“感性超越理性”思维，在他眼里，我是一个能给人留下印象的人，而不是平淡无奇的大多数。

前几天 Elon Musk 成功发射了重型运载火箭，极尽了理工男的浪漫，引得众人感慨万千：实用主义改变的是现世，理想主义改变的才是未来。他还跟媒体说自己是一个特别怕孤单的人，希望身边永远能有一个人，与此同时还对着全世界隔空喊话："Of course, I still love you.（我当然还爱你）"。啧啧。我觉得，挥霍却饱满的人生蛮好的。就好像 Robert 那样，总是能爱得死去活来，过往的记忆填满了他的人生。能把自己的爱和梦放到无尽苍穹里的人，内心总是更年轻的，虽然爱情里的那个人来了又去，但他们有感知也有辨别力，当他再次出现时，会一把抓住，拥入怀里。

我总觉得那些真正品尝过生活的人，哪怕遍体鳞伤，也会更被上苍眷顾。人生来其实就在体会各种爱，体会各种获得和失去。Robert 年近八旬，依然可以闪着亮光怀念，是一种幸运。谢谢你向我描绘这样一个人。

我在 Instagram 里看到你环游世界各地，大多数时候都在工作。你拍了很多照片，很多时候眺望着远方，那种若有所思的样子，让我时常想问你，一个人在洲际间这样频繁地旅行，见到那么多无与伦比但又转瞬即逝的风景，你心里有没有一个人，在你老去之后，会猝不及防地向一个陌生的年轻人提及？

如果你问我，我肯定告诉你，我心里有这样一个人。我会记得他说过的某些话，一个属于我的眨眼，分享过的几段音乐，一个至今印在嘴角的吻……趁时间不注意的时候，偷偷地告诉一个年轻的陌生人。

希望你已经有了，如若不然，这世界会美得多么徒劳。

你读到这封信的时候，我应该已经离开上海，去欧洲继续我的生活。与我熟悉的上海相比，欧洲大陆也许有更多的 Robert 可以让我遇见，如果我在路途中听到一些难以忘怀的故事，一定会写信告诉你。

在伦敦 soft landing（软着陆）的

Jane

也许围城才是人生最大的妙

-

2019-01-01

·San Francisco·California·Stanford·

◂ Dear SSS,

有多久没给你写信了？知道你换了工作，比以前更忙了。巴黎一别，你又忙得不见踪影。前几天见到海鑫，她说，在柏林见到你，发现你吃饭的时候眼睛都快睁不开了。上一次我们在巴黎见，我觉得你腰椎的毛病似乎更严重了，许是飞了太多长途的原因吧。希望下次见到你，你可以没那么疲惫，也可以稍稍减掉一点腰上的压力肥。

本来想在我们通信两周年的时候给你写封信，但看你去了新杂志社，忙得神龙见首不见尾，就没落笔。我看了你履新后的第一期，很喜欢那期的专题。记得我第一次在澳洲见到你，问你最喜欢的女明星是谁。你告诉我，Meryl Streep。时隔多年，看到你在新杂志社做的“真正的大小姐”专题，觉得内容的氛围和调性一向符合你青睐的女性形象。那期专题我看了好几遍，觉得你真棒。

我常常劝你别那么忙，可是你一直都没停下来过，我现如今离得远，但依然能体会那种被众人期待和包围的感受，所谓身不由己，你若抽身，那摊事儿怎么办呢？不过你有时候又没有那种大主编排场，哪个主编在时装周赶场子时会自己骑自行车去呢？顺便谢谢你来柏林看我，还提着鸭脖子和苏式话梅。

今天有个朋友问我，还记不记得以前在国内上班忙得四脚朝天的日子，自然是记得的。那时晚上我爸给我打电话，我都忙得没力气接。半夜趴在办公室里流眼泪，因为隐形眼镜戴太久了，眼睛睁不开，每天半夜开车回家都是迷迷糊糊的，空下来就去按摩店按肩膀。私人时间听到 email 进来的声音，像强迫症似的必须看一眼，看完就迅速地回。因为这个习惯，我在柏林还跟人闹过几次误会，他们 48 小时内回邮件纯属正常，可我耐不住，连环炮一样去催，把德国人烦得不行。

仿佛干什么都跟以前不再一样了。我同上海的朋友说，我订了下周的新鲜鱼虾，到时候坐地铁去取。他们说：“在上海，盒马半小时就送到家了啊，还有，你现在开始坐地铁了？”我恍然，怎么订点儿鱼都成了要分享的大事了呢？以前在上海，无法想象欧洲的这种生活，但现在貌似也习惯了，干什么都很慢，干什么都要预约，买条活鱼都要订，装个 Wi-Fi 得等一个多月……只是，离开了盒马、淘宝、外卖，日子一样过着，没觉得异样。以前经常报复性网购，加完班在手机上一顿买，不敢想象离开淘宝怎么活，现在收个快递都可能给你送去两公里以外的快递站，我基本上连网购都戒掉了……

前几天跟以前的同事 DM 去参加了柏林的一个区块链会议，他现在投资币圈项目。柏林这个地方 startup 多，互联网行业蓬勃发展，那个下午，几乎忙得团团转，又仿佛沾染了创业气息。我问 DM，放弃日内瓦的好山好水回国创业后悔吗？他说，不后悔，他那样的人，是耐不住清闲的。在柏林待了两天，他又火速回了香港，那天跟他吃完饭，想起我们以前一起暗无天日加班的日子，觉得已经是好遥远的事了。

以前忙过的人，过清闲日子久了，会有种虚妄之感。有天接到移民许久的闺蜜的电话，她说，“想回上海再好好工作几年，很想念那个职场上正当年的自己”，说完禁不住有些哽咽。另一个女性朋友这个月要搬去温哥华，再不去枫叶卡就要作废了，她不情愿地舍弃了一些事业。她说，要不是北京的天气，那张枫叶卡放弃就放弃了。她们都问我："你离开上海就没觉得可惜？"

我倒是在坐地铁去取活鱼的时候都没觉得可惜，我住在哪儿都可以，但无法否认，偶尔也会觉得自己终要被时代抛下了吧。如果住在国内，机会肯定更多，我肯定有"离了我，整个公司都不转了"的想法。

我的朋友许饼干夏天来柏林，回葡萄牙以后，她写了一段文字：

"我一直羡慕有能力又能自由表达的Jane们，好像老天给了他们用纸笔键盘自由飞行的天赋，人生也由此生出另一些可能，交到一些朋友，世界也变得宽阔了。那些被文字记录下的故事，是和自己的聊天，也像是一个给自己的滤镜，有时候其中的甜和诗意甚至还需要一些想象力，当然还有流畅表达力的粉饰，去掉了那么多鸡零狗碎和低落哭泣不知道怎么办才好的真实阶段，去掉了很多时候都会有的聒噪和碎嘴，还有为了兑现诺言必须工作到天亮（譬如昨晚），这些都是看起来自由背后的代价。而在别人读起来，只有仿佛在一片风和日丽的绿地里散步的意象。善意的朋友觉得好故事、好东西是作者的愉快分享，另一些人觉得是炫耀和物质主义，就跟世界的每个局部留给人们的都是不同的心理映照一样。

“其实哪有什么人生赢家呢，只有迎着命运岔口做出不同的选择，以及为每一步的选择买单，踏实地好好地过现在。

“因为谁也不知道这些当下什么时候会被收回去。”

生活真是大大的围城呢。

你常常在微信跟我说，觉得我的日子过得太好了，我也常常发一个“我没有钱”的表情给你。你说，忙到美食华服无闲消受与闲到日升日落无人问津，到底哪种日子比较可惜呢？

Regards，买了活鱼又不知道怎么杀的

Jane

希望下次再见到赛赛，

你可以没那么疲惫，

也可以稍稍减掉一点腰上的压力肥。

◀ Dear 读者，

这次Jane和我的位置完全对调，以前总是我催她回信，然而，这次我的回信晚了将近一个月。在没回信的日子里，我终日忐忑，害怕Jane小姐跟我问好。我甚至连给她朋友圈点赞的勇气都没有。现在，欠债还“钱”。Voila！我的回信。

◂ Dear Jane,

没给你及时回信是因为我在忙《嘉人》的年底大活动 Style China（中国风）。在活动现场"暴风雨"即将来临的前夕，我想起大约 12 年前我负责的第一场大活动。那时我初出茅庐，各个方面也都没今天如此专业。当时我们的主赞助商是法国标致，下午彩排时客户来看场地，看了一眼就疯了，因为全场上下几十个小狮子 Logo 的屁股全都胖出了一块。这种错误真是哭笑不得，于是我们现场一点点为每个小狮子瘦身。

今年的 Style China，我们在酒店内分别搭了视频、平面两个棚，都是大片级制景，而且要在很短时间内拍摄、确认、成片，难度又升级了。

当年我在解决 Logo 的问题时，内场同事大呼小叫地拉起我就走。场地的人突然拉闸，台上排练的艺人跳到一半戛然而止。原来是场地坐地涨价，我们所有的预算都超了，这可如何是好呢？那场活动出了各种问题：红毯顺序全部打乱，艺人公共休息间突然被某个艺人霸占……最崩溃的是大秀开始后，作为总控的我耳机经常是无声的，那时所有己方同事都在说自己遇到的紧急问题，而我就这样什么都听不到，只能干着急。

十多年过去了，我已经不再需要真正具体执行什么任务，但是每一块都牵扯着我的心。在开始前的最后准备时刻，我去各个部门走一走坐一坐，尽量表现得举重若轻，内心却翻江倒海。是的，这么多年过去了，虽然当年的裤子已经穿不进去了，可是操的心却一点没少。

可这就是我，几乎从来都不 take it easy（轻松）。

这个月月初，我出差去纽约顺便见了发小饶饶。饶饶真的是我同龄人中活得最潇洒的几个人之一了（再有，就是 Jane 小姐你本人了）。他之前一直在国际知名公关公司工作，做得风生水起，因为爱好戏剧，居然两次辞职去专门演戏。

因为爱 Fashion，又跑到纽约学设计。在 Soho 一家小馆子，他跟我说：“为什么国外这么主流的 Sustainable Fashion（生态时尚）话题在国内却没什么声音？”因为对这个话题感同身受，他说自己已经不怎么再买新衣服了，要买也只是二手，他买了一个旧的工业级缝纫机，摆在自家客厅，把自己的衣服缝缝改改。

他见我的那天就把松垮的牛仔裤和紧身的 PV 裤拼接在一起，几乎每走进一家店，就会有店员夸他：“OMG! I love your pants ... Amazing !”其中一家店有个 DJ 驻场，有意无意地放着当红歌曲，他一进门就开始大肆地跳起来。我则有点含羞、尴尬地在那儿犯愣。

我说：“你可真行，怎么每天都这么开心呢？”他一副没什么了不起的神情：“人活着不开心干吗呢？”于是，在他家，我们一边用投影放着最新的 Fashion Show（时装秀），他一边给我讲他手绘的 Sustainable Fashion 的 Infographic（信息图）图表，他讲得如此入神，都没留意到窗外月色下波光粼粼的哈德孙河。

每次来纽约见饶饶或到柏林（伦敦）见你，对我来说都仿佛是从弥漫雾霾的北京短暂脱离出来，吸一口别处的新鲜空气。这空气自由、轻松，带着青草香，我很喜欢，却也觉得是种奢侈，暂时还不属于我。

2018 年有了新的工作机会，我也要对更多人和事负责，这是其一，但更多的是我觉得现在时尚媒体越来越商业化，有深度、有责任感的传播越来越少，而这些都是我想做的。这样跟你说好像显得有点见外了，所以我适可而止。

做各种事情，对度的把握都很重要。你我成长的岁月里，都是掌握平衡的过程。希望来年，我能多一些闲，能更多地呼吸一下别样的空气。

这封信几乎要明年才能送到了。祝你新年快乐，每周都有活鱼吃。

Yours,

SSS

饶饶和我在纽约的 Dover Street Market（丹佛街集市）小酌一杯。

希望来年，我能多一些闲，

能更多地呼吸一下别样的空气。

做各种事情，对度的把握很重要，

你我成长的岁月里，都是掌握平衡的过程。

男人也可以 recycle

-

2019-03-11

·San Francisco·California·Stanford·

◂ Dear Jane,

我一直都挺怕热闹的，春节时出国转转成了这几年的习惯。前两年都去了印度，今年想着换个地方吃咖喱，于是下南洋飞去了马来西亚。马来西亚的性价比特别高，打车吃饭都便宜得惊人，大概只是北京的一半（叫 Grab 打车十几分钟的路程，价钱都是人民币 10 元左右，在中央市场的“大时代”，我居然吃到了特别美味——在北京早就看不到的 10 元套餐），而且吃得好。这里有城市有海滩，我去了吉隆坡、槟城、兰卡威，沿着这几个城市行进，路线还挺顺。

虽然马来西亚经济发展不如中国（我查了 GDP，2018 年人均跟咱差不多，但如果看大城市发展，则远无法跟北上广深等一线城市相比），但我发现这里居然接轨了欧美如火如荼的“限塑令”。无论是我住的酒店还是我去的餐馆，都不再提供塑料吸管，如果向他们索取，会提供纸的或者更好的竹子吸管。槟城香格里拉等酒店也都把塑料瓶装矿泉水换成了玻璃瓶装的。

兰卡威的红树林很有名，我住的四季酒店的总经理David强烈建议我去看看。我们的向导AIDI让我格外难忘，从他言语、眉目间我能感受到他对这片红树林深深的感情。车刚开进红树林，他就指着前面一个“小岛”说：“本来那里要建十几家精品酒店，但因为这块地是在自然公园（Geopark）内，我就去政府抗议，又劝开发商说这样的规模完全赚不了钱，后来这个计划就取消了。”他接着给我们讲了红树林生长的不易和脆弱，它需要足够的水、空气、营养等等。

我们坐的船是慢慢开进红树林水域的，但有很多快艇会开足马力，从我们旁边经过时便掀起一波波浪，每每这样，AIDI就摇头叹气：“这种浪会冲垮红树林赖以生存的淤泥，久而久之会影响整个生态系统，我跟他们说过很多次，但没人听，为什么要这么着急呢？进红树林慢慢感受才能体会大自然的造化……”这些船也有很多是没有向导的，不会像AIDI一样一点点给我们讲红树林是如何生长的，热带雨林中的植物是怎样竞争、怎样独特地生存的。

他们会带游客去喂林中的猴子。有的猴子甚至会跳上游客的船去抢吃的，但没有猴子跟我们互动。AIDI 说猴子都特别聪明，能认出他，因为他带的船从来不会投食，一是随便乱投食，有些食物猴子是消化不了的；二是被猴子抓了特别危险，要去打针的。可一旁的船上，有个看上去只有五六岁的小男孩就在不停地给猴子投喂食物，妈妈还在一旁照相，弄得我这个不相干的陌生人都替他们捏了把汗。

不知是因为从小被教育还是后来看了很多报道，我的环保意识一直都挺强的。大学时住宿舍，因为看不惯有人刷牙时不关水龙头还跟人吵过架。我会尽量不打印东西，即使打印也会节省空行，能少用一张纸就少用一张。现在的快递盒、包装袋我也会重复利用。

去年春节旅游回来后，我给你写信抱怨吾国游客在国外大呼小叫，到处大声喧哗，今年仍然如此。在吉隆坡机场过海关时，所有人都安静等待，只听两个中国小孩肆意大叫，而他们的家长全程都不管。礼仪教育、培养礼貌意识都需要一个过程，这些我懂，但还是感到心急。

环保意识也要从小培养，弃用吸管这种小事可以从消费者开始，继而带动商家的经营方式。希望今年，能有更多中国商家做到这点。

在德国生活的你，一定对各种环保措施有切身体会吧。我知道你们连玻璃瓶都要按颜色分类丢的。

在吉隆坡飞回北京途中的

SSS

“强迫症”民族德国人的垃圾桶。

◂ Dear **SSS,**

在国内过完年，待了足足一个月，我又回到了德国。好久没回家，觉得中国真是方便啊。大年初四那天我给爸妈买了个吸尘器，不到一天就送到了，回想自己住在一个生活不那么便捷的欧洲城市，说起物流真是两行辛酸泪，动不动快递就不见了。回国着实被国内的便捷感动到了，假期物流仿佛完全不受影响。

除了物流，外卖也是无所不能，买根葱都有人立即送上门。大环境如此，人人都待在家里等着快递、外卖小哥上门解决一切生活所需，变得越来越宅。人们越依赖快递，包装产生的环保问题就越让人担忧，大量的包装都不可降解，叫个外卖，外卖盒就套着里三层外三层的塑料袋。

上海下了一个月的雨，有时候我也依赖外卖，我试着在外卖软件上给商家留言，不要给我一次性餐具，但每次打开外卖袋仍然会有。看到那些塑料袋，我就颇为自责，毕竟环境问题，人人有责。

不过这次回国，我发现上海开始提倡垃圾分类了，学校开始着重教育，社区开始反复宣传。我朋友念小学四年级的女儿，在拆快递的时候，会在那里喃喃自语："This is so over packed.（这太过度包装了）"。这是好事，越是低龄国民有环保意识，整个社会就越能往环保的方向去努力。连我爸妈也开始有了垃圾分类的意识，虽然很难做到像德国那样严格，但起码，他们那样的老人，也开始进行垃圾分类，这是很大的进步。

要让国民都有环保意识，衣食住行都以环保为前提，我们肯定还有一段很长的路要走。西方有些国家在环保上已先行一步，除了管理制度更严格，更重要的还是人们的意识。住在德国，垃圾分类是基本的环保行为，提着自己的购物袋去超市、主动回收塑料制品、节约水电、乘坐公共交通工具、驾驶共享汽车……都不是单纯出于金钱的考虑，也不是环保人士的宣言和外衣。环保，渗透在人们点滴的日常生活中。

我朋友搬去瑞士生活，瑞士的环保制度比德国更严格，她花了近一个星期的时间来研究垃圾如何分类，光塑料就有不同的分法。我第一次出国居住的时候，搞不懂垃圾如何分类，早晨倒了垃圾，晚上回家发现分错类的垃圾被直接挂在门上，吓得不轻，但这么一吓，我对垃圾分类再也不敢马虎，仔细研究了各种垃圾如何归置。因为身体力行，我也会对胡乱处理垃圾的行为感到头疼，爸妈来欧洲玩的时候，我不停地教育他们，垃圾必须分类，一次次把他们弄错的垃圾拣出来，他们看到之后倒也非常配合，并会感叹：国外那么好的环境，还不是因为人人都在努力。

当然，其实我自己做得还不够好，每个月都在买新衣服。前几天我看外媒，他们批评梅根·马克尔自称环保卫士，带货各种小众环保品牌，但行头从来没重复过，一直都在买买买。女明星重复穿衣也已经成了环保的考量标准，是红毯美谈热议，但光靠口头上讲没有用，要真的付诸行动。我知道声嘶力竭地宣传环保、支持可持续发展的都是美国人，但我觉得美国这个国家整体还是非常浪费。

用批判的眼光看，人活着就是在消耗地球资源，但慢慢开始变得有意识，做到比昨天更环保，就是一种进步，所以我打算尽量少买点衣服，旧衣新穿。就算富有了，也不要把浪费当成一种扬眉吐气的行为，觉得自己反正浪费得起。希望我们这两封简短的书信，可以多多少少影响一些人。

前几天碰到 April，谈及 recycle（回收再利用），她说“其实男人也可以 recycle”，意思就是之前约会过的人，没准还能重新认识彼此、再度产生火花。所以过去的男人，依然可以找回来试试。

既然连男人都可以 recycle，还有什么不可以？

Regards，连环保话题都能扯到情情爱爱的

Jane

做到比昨天更环保，就是一种进步。

就让我们都别再追问：你到底会爱我多久？

-

2019-05-24

San Francisco·California·Stanford.

▸ Hi Jane,

五一我去了马拉喀什。虽然距离上次已经七八年了，但我却完全感觉不到马拉喀什的进步。有天只下了一小阵雨，街上就淹水了；在老城走，随时都有可能闻到一阵恶臭；而最离奇的是有次我正走着，一旁的房子里面就塌了，土和烟从门缝中冒出来。

不过，平常越是这样，有些地方就越能感受到与之天堂般的反差。

1966年，年轻的Yves Saint Laurent（伊夫·圣罗兰）第一次和男友Pierre Bergé到访马拉喀什。他们在那儿的一整周，每天都在下雨，待雨停后，“我们终于看到了在其他任何地方都看不到的那著名的光，摩洛哥的阳光能穿透每个角落。

鸟儿在歌唱，而远处白雪盖顶的阿特拉斯山脉，让我们的视野更广阔，也让我们感到了这里的温暖。”他们临走时，在老城买了一套老房子。

有了这个据点后，Yves 和 Pierre 便经常回来住，来马拉喀什不久后，他俩就发现了法国画家 Jacques Majorelle 在老城郊外的花园（Jardin Majorelle，马约花园）。你可能很难想象现在这个摩洛哥全国第一热门的景点（每年有 85 万游客到访），当时几乎完全被遗忘了。Yves 二人爱之深切，于是就决定在其隔壁置地建 Villa Oasis（绿洲别墅），这样就可以随时串门。1980 年，当他俩听说马约花园要被拆掉盖房时，就决定买下并继续守护这个难得的天堂花园。

托 DIOR 的福，我有机会去 Yves 和 Pierre 的私宅 Villa Oasis 走走（不对游客开放）。园内由各种绿色的植物（仙人掌类多肉植物是浅色的，来自东方的各种竹子是翠绿的）打底，再点缀无数白色、浅黄、艳粉、淡紫等颜色的花朵。摩洛哥庭院中岂能少了水，园中既有一大片宽阔的开满莲花的水池，也有摩尔风格的狭长水池和细细的喷泉……难怪 Yves 和 Pierre 死后，他们的骨灰也要撒到这里。

无论几年前看关于Yves和Pierre爱恋的电影*L' amour Fou*（《疯狂的爱》），还是一个月前在巴黎的YSL（圣罗兰）博物馆看的几分钟短片，都让我为他俩这长达几十年的感情感慨、神伤，要是我能有一段如此悠长的感情，一生夫复何求？

可我真是太幼稚了。人的情感是极为复杂的，哪里有这么简单呢？查Villa Oasis的资料时，我顺藤摸瓜查到了Yves和Pierre去世后巨大遗产（巴黎、南法、诺曼底、北非等地的豪宅、名园，这些20世纪最重要也最可观的艺术收藏绝大多数都已拍卖并捐给了基金会）的归属问题，于是找到了Madison Cox。

故事之曲折离奇，拍片绝对精彩。据说是这样的：70年代末，20岁出头的Cox爱上了负责YSL走秀音乐的Joël Le Bon，然后为爱情转学定居巴黎，在跟Yves、Joël等人一起去希腊海岛度假时认识了Pierre。《纽约时报》采访中转述说："他先是和Joël在一起，然后是和Yves，最后转到了Pierre。"

那时，Pierre刚刚结束了和Yves长达20年的感情纠葛。在Yves去世后，Pierre出版了他写给Yves的信，信中也提到了和Cox的感情："Madison仍然是我今生最重要的人。""他在酒精和毒品把你侵蚀时来到我身边。""可能要多谢Madison，我才能度过风雨，他给了我需要的青春、文化、勇气、真诚、爱。"

不过Pierre却似乎把Cox像金丝雀一样养起来了，"他不允许Madison交朋友，Madison过得特别束缚"。就连曾帮Pierre设计丹吉尔别墅书房的设计师都回忆到，在跟Madison一起等行李时，Madison就接到Pierre电话，问："你去哪儿了？你本该5:25到的。"而那时才5:27。

Madison和Pierre的感情在1987年底破裂，Madison一人搬回纽约。时过境迁，Pierre和他一直纠缠不清。2017年，知道自己可能时日无多的Pierre（86岁高龄）在3月迎娶了Madison。半年后Pierre因病去世，Madison也成了Yves和Pierre财产的继承人。

虽然他俩结婚时，Pierre深知Madison已有一个长达11年之久的伴侣，但他还是选择把身后一切托付给了这个与他分享青春和爱的人。

在 Yves 最脆弱、神经质的时候，Pierre 是他坚实的脊梁；而对于 Pierre 来说，Madison 又是变化中的不变，是能治愈自己的那个人。

所以，感情是何其复杂啊……很多时候，忧伤、喜爱、悔恨这些直接、简单的词都不能概括我们真实的情感，那些复杂、有纠葛的状态；而永久、永远也是相对的。或者说，长久的感情其实也没什么大不了的，对的人在对的时候可能对你我来说更合适，也更治愈。

至于一段感情能否坚持一生，如何又算开花结果，这些似乎已经是太幼稚又苍白无力的追问了。

Yours，Still wondering，

SSS

托 DIOR 的福，

我有机会去 Yves 和 Pierre

的私宅 Villa Oasis 走走。

我背后正是

Villa Oasis。

◂ Dear SSS,

咱们好久没有谈论爱情了。

读完你的信，我去 Youtube 看了 Madison Cox 的访谈，一下子明白了为什么 Pierre 会说："多谢 Madison，我才能度过风雨，他给了我需要的青春、文化、勇气、真诚、爱。" Madison 看起来是个风度翩翩的人，谈论起 Pierre，眼神平静却依然有温柔的悸动。

同样，Pierre 能写信告诉 Yves 他对 Madison 的感情，在得知 Madison 有伴侣的情况下依然把身后事托付给他，连带 Yves 留下的财产，更说明他们三人之间并非情欲、欢爱那么简单。

是啊，人与人之间的感情，何其复杂。情欲、占有欲、理解、对于开花结果的期待、离散、现代社会的婚姻、承诺、厮守、厌倦、分离、接纳、托付……都仅仅是对于爱情的阶段性描述。

你我活到现在的岁数，都已经知道了人何其多变，都不再期待一生一世的摩登爱情和婚姻，只要当下觉得开心，连灵与肉都可以分得彻彻底底。大城市里的爱情，也大多是从一个人的怀抱转向另一个人。能把两个人长久捆在一起的，更多是孩子、利益和社会关系，而不是不可替代的厮守。

可是，人还是会迷恋那些变化中的不变，迷恋爱情本身，或单纯迷恋与那个人在一起时的自己，觉得珍贵，所以就算流转了几个怀抱，依然还在奢望和寻找。其实人与人是不一样的，连气味都不一样，只要有微妙的差别，就不是我们想要找的那个。但我也一直觉得，情欲退去之后，才有可能见到爱情的真面目。

我不太憧憬那种在某个地方偶然遇到一个人，他对我一见钟情，从此只对我一个人死心塌地，因为我自己就做不到。但我憧憬一段甜蜜的罗曼史，两个人在一起的时候，能从对方身上得到（或者自体酝酿）青春、文化、勇气、真诚和爱。

两人之间要产生那种紧密的感情和爱恋，必定要发生点什么。不一定是大风大浪，也许就是一个瞬间，他对你说的一句话，或是你为他做的一件事。

但这很难。越是生活在大城市的人，越能明白“人来人往”非常正常，世界很大，选择很多。越是这样，也越明白，那个让你忽然想要停下来不再注意其他人的人，能让你真诚起来、获得勇气的人，抑或在你千疮百孔的时候，不畏惧你懦弱的人，是可贵的，虽然相遇的概率渺茫，但这个人值得去寻找和等待。

只是人的感情会变化、发展，让你始料未及。情欲是基础，在人海中，虽然你能找到那款让你顿感亲近的“气味”，但气味某天就消散了。或许，我们以为自己疯狂爱着一个人，但其实爱的仅仅是两人营造过的 romance，或者，仅仅是因为想得却不可得。

要真正爱一个人，也是很难的。可以把自己交出去，也愿意接受对方。可以敞开心扉、可以真诚、可以有勇气，不猜疑、不担忧、不自卑、不勉强、不自怨自艾，这也是需要智慧、运气和 timing（时机）的。

前几天我朋友又跟我说起行为艺术家阿布和乌雷在纽约Moma相遇的那个片段，短短几分钟，的确荡气回肠，令我十分动容，但这两个人2015年还是为了版权和收益分配对簿公堂。Love is overrated（爱情被高估了），但我们深陷其中的时候不会发觉，只会觉得怎么爱都不够。

我从未去过马拉喀什，被你这么一描述，倒是很想去看看。因为爱情，很多地点、事件、文艺作品被蒙上一层神秘又凄美的面纱，让我们为逝去的爱感慨不已。对待爱情，我还是觉得，最完整的结合是拥有一颗热烈的心和冷静的脑袋。

你知道爱情有令人目眩神迷的美好，当它逝去的时候，你也应该知道，它曾经带给你青春、文化、勇气、真诚和爱，这就已经足够了。

爱是永远的吗？你到底会爱我多久？就让我们都别再追问这些问题了。

Yours，常常不经意间就会变成爱情旁观者的

Jane

那个让你忽然想要停下来不再注意其他人的人，

能让你真诚起来、获得勇气的人，

抑或在你千疮百孔的时候，

不畏惧你懦弱的人，是可贵的。

无论身在何处，
我的心都要是一个“Berliner”

-

2019-07-23

·San Francisco·California·Stanford.

▸ Hi Jane,

以前一直觉得相比于东柏林的酷，西柏林 Charlottenburg（夏洛滕堡）显得有些乏味，可当我在盛夏傍晚骑车，一进 Charlottenburg 就觉得好舒服啊……天色刚刚好，街两旁的树荫刚好遮住整条道路，迎着习习凉风，我看到了坐在路边喝啤酒、吃小菜的你（和一众朋友们）。我一下子无比羡慕：在北京，这样惬意的户外生活真是太难得了。虽然你们说在国外都快待傻了，但你们的生活真是让人艳羡：Miss Hai 上周末刚跟男友去瑞士户外，下周又要休假去葡萄牙挑战冲浪 Camp……而你则说明天要去买辆自行车，在林荫大道上悠闲地骑行。

每次到柏林我都不能免俗地要去 clärchens ballhaus（一家舞厅兼餐厅），在这里我总觉得能嗅到正宗的柏林味道。这座诞生于1913年的舞厅经历过两次世界大战后仍然屹立不倒，虽然二战后的半个世纪因为破损严重而关闭，但这里仍是冷战时期东、西德人爱去的“打卡地”。2005年这座柏林殿堂重新开张，很酷也很柏林的二层高挑舞厅还是破旧的，好像刚经历过战争的浩劫。

来这里时，我会坐在残破的花园里喝一杯，假想自己在东德。这次为了 Max Mara 2020 度假系列大秀来德国，没想到欢迎夜居然安排在了这里。因为没空调，所以感觉整个屋子都在躁动着。灯光暗下，一束追光打在身穿白色礼服西装的德国歌后 Ute Lemper 身上，她像一条蛇一样从我身边滑过。我浑身汗毛都竖起来了：这简直是当年20世纪50年代伦敦 Café de Paris（巴黎咖啡馆）旋转楼梯“滑”下场的 Marlene Dietrich（她是好莱坞二三十年代唯一可以与嘉宝分庭抗礼的女明星）附体啊！那傲慢，那光亮，那万种风情……

Ute 表演的也是她的百老汇节目 *Rendezvous with Marlene*（《与玛琳相会》）的片段。这是一段真实的故事：1988年，刚成名不久的 Ute 得知 Marlene 当时住在巴黎，就写信表达对她的敬重与爱慕，希望有一天能亲自沟通。没想到真的实现了，Marlene 主动打来电话，而这一谈就是 3 小时。Marlene 畅谈自己的工作生活、对诗人 Rilke 的爱，以及对祖国的无限感伤和迷恋……

Marlene 一生做过的最重要的选择恐怕就是拒绝希特勒的邀请了。作为一个正宗的柏林人，她从一开始就反对纳粹，还赞助自己的犹太朋友逃亡。当希特勒的特工前去英国让她随意开价回德国演出时，Marlene 断然拒绝。

1939 年她加入美国国籍，成为同盟国最大的反纳粹文化偶像。那首绝唱《莉莉玛莲》，是两边二战士兵最爱的歌曲。

Ute 告诉我，Marlene 被德国伤透了心。战争结束 15 年后，她重回柏林却被民众当成卖国贼，人们朝她吐口水，高举标语：Marlene 滚回去……她曾说："死后，我要埋在巴黎，我的心会留在英格兰，德国则不留一物。"的确，在 1960 年之后，她再没回过德国。

但是，1992 年 90 岁高龄的 Marlene 在巴黎寓所中去世之后，人们却意外地发现在遗嘱里她还是要求埋葬在柏林，长眠在自己母亲身旁。

2001 年 Marlene 百年诞辰之时，柏林市还特别发布公告为之前对她的不敬道歉。现在，Marlene 也成了柏林最著名的标签之一。

在柏林博物馆岛上的 Neues Museum（柏林博物馆），当 Ute Lemper 穿着 Max Mara 以 Marlene Dietrich 为灵感设计的白色西装登场的时候，全场都鼓起掌来。在这座曾经因为二战战火而变成废墟，直到 10 年前才开放的“新”博物馆，看着 Ute 款款走来，我仿佛看到了 Marlene 跌宕起伏的一生……

在北京想念柏林的

SSS

看 Max Mara 大秀前夜，游无人的柏林博物馆。

◂ Dear **SSS,**

那么迟才给你回信，是因为过去的两周我又成了柏林接待处主任。昨天 April 离开柏林前，我们还去了 clärchens ballhaus，我跟她说你几周前曾坐在这院子里看一身白衣的 Ute 表演。今年 Max Mara 第一次把大秀从米兰挪到了柏林，Neues Museum 选得极好，你喜欢那个大台阶吗？每次去博物馆岛，我都觉得那些建筑本身就是最大的艺术品。

上一次 April 来柏林，我还住在米特区的另一个公寓里，为正式搬来这里做准备。时隔两年，我们又在柏林相聚，除了我对这里的一切更轻车熟路，她说我身上还有不少变化，相比在伦敦时，对生活明显拥有了更开放、明朗的态度，看待事物，有了更“解构式”的宽容。她说，她喜欢我现在的样子。

我也喜欢我现在的样子，人总是会不喜欢自己，对现实不够满意，但现在我常常想着，我是真的幸运，没有因为年岁增长而停止成为自己更喜欢的人。我前所未有地觉得可以“拥抱生活里的一切”。这是看似不稳定的生活赋予我的，柏林没有让我待“傻”，恰恰相反，柏林让我“目瞪口呆”，目瞪口呆过后，对一切又会有新的思考。柏林的多元复杂是我过去待过的城市无一能及的。虽然过去已经觉得自己非常“国际化”，但柏林最能让我反思，不要停留在过去，不要被自我禁锢，不要用不变的思维去审度万物，更不要因为他人对生活感到沮丧。

我们去博物馆、画廊，April 说，柏林的 contemporary arts（当代艺术）真的是一流的。德国人基本上都很爱思考，从小就接受 Metaphysics（纯粹哲学）教育，柏林这个地方尤其自由，所以当代艺术在此昌盛。人人都想当嬉皮士，遍地都是 thinker（思想家），他们拒绝随波逐流，很少有人是消费主义的奴隶。我真的很爱柏林，April 说我生活在先进的文明里，虽然这城市看起来不是很光鲜，这里的人看起来也不是非常精致，人们也没有北美式的乐观积极和英雄主义。但柏林并不苦大仇深，柏林善思，是一首不羁的《波西米亚狂想曲》。

我有一个视觉艺术家朋友，两年前来柏林玩了一次，之前他一直在伦敦、上海和纽约之间来回奔波，他被柏林的techno（电子舞曲）文化震撼，后来想方设法搬来了柏林。我们住得挺近，周末一起去 mauer park 看欧洲人唱 K，他说："其实我一直喜欢很 posh（精致高级）的生活方式，喜欢一切的华丽和精致，这些柏林都没有，但我却被深深吸引，来了这里，也许我的内心一直都有一种'很柏林'的粗粝。"

我以前也没料到我会喜欢先锋前卫的城市文化，柏林真是充满了"怪胎"，但没有人不尊重你，没有人审视你，也没有人企图说服你。这里清静自由，有绿油油的底色，有过硬的审美。我有时候在大街上骑车闲逛，有时候待在家里，花很长时间看窗外一棵被风吹动的树。我读书、想着很多事，没有太多社交生活，也不觉得自己很重要，但我过得不迷惘。

April 说："想想还是很不容易的，说搬来就搬来了，而且还不说当地的语言，你真是个很勇敢的人。"或许不过分担忧生活是一种天性吧，我也不曾感到孤独，一天天安顿下来，又享受着一切的未知和陌生，我觉得那是一份莫大的幸运，我十分感恩生活。

April 还发现，柏林竟然是一座甜齁了的恋爱城市。和男朋友在电影院喝同一杯可乐，在洗手间门口等男朋友，等到后摸一摸他的光头，在滑板车上贴在一起飞驰，拥抱的时候把手插进男朋友的屁股口袋里，还有无处安放的大长腿……April 说了一整天"啊，嫉妒蒙蔽了我的双眼"。

柏林是很复杂的，很多大花臂也可能同样是博士。男人们在酒吧里对着女孩比出花朵的手势但绝对不会走过去搭讪，他们凝视你，但不肯把心里话说出来……

April 来之前，小强来柏林做专题，他请我当撰稿人并统筹制作，我才有机会去做了些采访。我以前也在别的城市旅居过，没想过当 NewYorker（纽约人）或 Londoner（伦敦人），但在做柏林专题的时候，我想也许有一日我会成为一个 Berliner（柏林人），无论那时候我生活在哪里，我的心都要是一个 Berliner。

赛赛，那天你骑着车慢慢离开 Charlottenburg，我们挥手告别，当了那么久的朋友，柏林竟然成了我们见面最多的一个城市，你是否也觉得很神奇？

Best regards，在 Prenzlauer berg 给你回信的

Jane

或许不过分担忧生活是一种天性吧，

我也不曾感到孤独，一天天安顿下来，

又享受着一切的未知和陌生，

我觉得那是一份莫大的幸运。

我读书、想着很多事，
没有太多社交生活，
也不觉得自己很重要，
但我过得不迷惘。

给赛赛和安东尼的回信

-

2019-12-02

San Francisco·California·Stanford.

▸ Hi Jane,

最近在一个活动上终于见到了你用了三篇长文大书特书歌颂过的安东尼。读完我真的好奇这是不是安东尼的付费硬广啊？几个认识我和他的共同朋友都说我俩有些像，都好像活在云端。这次见面，我觉得安东尼让人感觉很舒服。聊天不温不火，与人保持着合适的距离感，实在很难得。因为是品牌活动，几个知名博主大肆拍照，贴脸、亲吻产品也就算了，有的女生甚至单腿劈叉伸向半空……有人叫安东尼拍照，他觉得不合适，就没拍。因此，我也对他更多了些好感。他清楚自己是谁，底线是什么，知道为与不为。这些都很珍贵，尤其是在现在这个看似毫无章法的年代。

这让我想起我公众号写作的主题之一：礼仪。为什么人要讲究礼仪呢？自由自在，无拘无束不是很好吗？一个多月前在马德里 Check-in 酒店时，我后面有两个穿着时髦的中国女孩，我一回头的工夫，其中一个突然不见了！低头才发现她蹲在地上玩手机呢。我很惊讶，旁边的女孩却无动于衷。这样对一个女孩来说真的雅观吗？先不说会不会影响到别人走路。但是，累了，为什么不可以随意蹲下呢？

在柏林跟你和朋友们一起吃晚餐特别开心，很放松，即使是这样，我也觉得咱俩身上总有一种绷着的，放不开的东西。桌上一个 90 后聊到自己在柏林的撩汉技巧，你和我都诧异地大笑，我们仿佛都羡慕他的放开与直接，也知道自己做不到。毕竟，你和我都是那种即使在餐厅、酒吧看到合眼缘的人，也不会上前主动说话的类型。但这样，也许真的就会错失一段好姻缘。饭间，我们都注意到邻座一个相貌身高都出众的男人，发现他和朋友们结账要离开了，我们就说笑着撺掇那个“90 后”去搭讪。他完全没犹豫，扶着店门，对外喊话：“你们谁是 Single（单身）啊，我朋友也 Single，可以约一下……”结果真的要到了这个德国男人的电话，还发现他是个演员。我真是深深地羡慕他的随性与直接，感叹自己真是做不到啊……

所以你我到底在坚持什么呢？不知道安东尼不去举着手

机拍照的原因是否与我相同，但我觉得自己不是户外广告牌，即使喜欢产品，要向人推荐也是用收敛、含蓄的方法。而这种含蓄和收敛传递的也是一种不违背自我的真诚。并不是所有产品都适合直播呐喊着叫卖，对吧？大胆搭讪也是，我们可能一直觉得主动搭讪有悖自我。

不过，我也在想自己的束缚是不是太多了，能不能更潇洒一些，更直接一些？为什么看到喜欢的人，就不能大方邀约呢？

反正，我也不是累了就随意蹲下的人。

不知道，云中的安东尼怎么想？

Yours，

SSS

◂ 你好 简安，

你发过来 赛赛的信 我看到了 我们的活动刚结束一天 他就写了一封信 这样的执行力我很佩服

之前在你们的公众号里 看到两个人书信往来 能坚持这么久 我觉得很厉害

上海今年的夏天特别长 现在已经十一月末了 白天的时候偶尔还是觉得热 不过也有觉得冷的时候 周一冷了一下 我就把地暖打开了 去年地暖费用特别高 今年我打算只开客厅里的地暖 而且也不用开太高 15℃就够了 晚上睡觉开着房门

这么一想 城市里的人也真是很奇怪 又娇贵的动物 夏天要开空调 冬天要开地暖 热一点不行 冷一点也不行 偏要控制

在 20℃左右 我听说更夸张的 有人夏天家里开空调 同时又开着电褥子睡觉

今天一天阴雨 我在床上躺了大半天 看了新的 Crown 和 Friends 现在起来给你们回信 昨天做了麻婆豆腐 还剩了点米饭 晚上准备做个炒饭吃 我特别喜欢吃剩菜做的炒饭 配上冷牛奶 完美

我也是听很多朋友说过赛赛 这次真的见到 比我想的还要高和魁梧 是北方男生的模样 脖子上挂了条围巾 温文尔雅的样子 我很羡慕能把围巾戴得好看的人 我自己戴围巾 总觉得戴不好 看起来很奇怪 他的衣服也很得体 不夸张不招摇

后来我和这次邀请我们的品牌经理说 Maison Margiela 的衣服都很好看 不过对我来说太酷了 我习惯穿中规中矩的衣服 品牌经理说 有一些确实很前卫 但也有基本款 而且有别于其他品牌 里面藏了很多细节 他说 你看赛赛那套西装 就很低调 如果不说 根本察觉不出来是 Maison Margiela 当时我心想 参加什么品牌的邀请 就选什么样的衣服 这应该也是一种媒体人的素养吧

赛赛聊天的时候 不像是聊家常 他不做 small talk（闲聊）更像是“对谈”但也没有什么目的性和攻击性 就是感觉很正式罢了 让我不由得也会仔细思考 好好回答他的问题

你好吗简安 我看到你在巴黎了 羡慕你能和蛋扭还有果味在一个城市吃吃喝喝 小茫说看你一直在不同城市往返 觉得潇洒 我想这可能是 所谓的 别人眼中的样子

我记得夏天我们在柏林的时候 你说 柏林的夏天有很多事做 根本不需要谈恋爱 但到了冬天就会觉得无聊 让人失落 你们冬天的时候 要来看我

所以柏林冷了吗 你现在开心吗

我很好奇 我们去过的那个很大的湖 冬天会不会结冰 住在那附近豪宅里的人 是否也像芬兰人一样 到了冬天去冰上散步

你的那篇《任时光匆匆流去 我只在乎你》的推送 我是在上海的出租车上看完的 看了以后能体会到你的失落 但也有点羡慕你 我觉得二十几岁时候的恋爱是本能 过了这个年纪 还

可以爱得真切就是一个能力了 我认识这么多人 真的有这个能力的人不多 你有 看到你在那篇真情流露的文章里 也毫不怕破坏气氛地发了广告 忽然笑出来 自由自在 也是非常的你了

那天在小林武史的爵士酒吧 客户邀请的摄影师 让我去和产品 还有请来的 soil & pimp session（一支日本爵士乐队）的音乐人拍照 我和摄影师说 就算了吧 因为我会觉得不自在 拍照片不是我的强项 可能适合我做的 就是把这次活动的感受和对这个产品的体验 用自己的语言表达出来 我觉得有人去拍照 能在这样的场合拍出很厉害的照片 也很不容易 那是他们的贡献 大家各尽其职吧

至于在酒店前台就直接蹲下来的举动 我也做不出来 但那样蹲着也不见得舒服 一般酒店大堂都有沙发 我应该会去那里点个喝的 坐一坐

希望你在巴黎玩得开心

安东尼 上

◀ 亲爱的安东尼、赛赛，

虽然认识我之前，你俩早已有不少共同的朋友，但回这封信的时候，我依然有种“媒婆”感。我很高兴给你俩写这封信，云聊一番。

说到共同点，我觉得你俩骨子里并不是很像，甚至是很不一样的人。但在社交场合中，的确都是非常“往回收”的类型，全然不是外放型。要说区别，也许是赛赛更高冷一点，安东尼更害羞一些。

赛赛，上个月在柏林见到你，虽然也在一起吃饭喝酒，但你依然有那种商务人士的抽离感，一桌人聊着聊着，你就埋头回工作微信去了。想起我们认识很久，却并没有真正一起玩过，你都是在工作间隙抽空见朋友，也来去匆匆的。今年夏天和安东尼在柏林玩得倒是很意犹未尽，之后我又飞去芬兰跟他玩了几天，我们也会聊工作，但大多数时候，交流的是一些人生体验。

文字上，你写的东西不太透露自我，但主题大多很明确，正如尼尼形容的，聊天时你是“对谈”型的。也许是因为你那么多年一直当编辑的缘故，有既定的选题和文字风格。安东尼写的文字，就更自我、更闲散一些，好像在读一个朋友随心所欲的日记。

安东尼，我刚从巴黎回来，现在又坐上了去法兰克福的火车。你瞧，我这么一个看起来很“散”的人，也要出差赚钱去。但工作的时候，我尽量坚守原则，也尽量保持真情实感。我在纽约的女性朋友看到我写的文章，跟我说：“那么缱绻的文字，竟然后面有个广告？”我觉得，认真对待工作和客户，是成年人的责任，我也很感激有这样的机会，能用我擅长的方式做贡献。真正热爱写字的人，要克制或是流露真情实感其实都不容易。我也不是情感外放型的人，很多事我都讲不出来，赛赛也说我，太沉得住气了。但写起来，会更容易一些，在文字里，我更能肆意和准确地表达我的情绪和感受。

因为柏林冬天天黑得早，几天前的晚上我忽然情绪低落，想起在北京的时候，不太好受，但 Summer 总会在，可以随时随地找她。可现在在柏林，Summer 不在，想起很久没有跟她聊天，打给她的电话她也没回，我忽然鼻子一酸。于是我就去跟 Summer 撒了个娇说，异地真的是不行。她被我吓了一跳，立即给我回电话。其实我知道她换了工作岗位，忙得不可开交，但那一刻我就是有点难过，只是我对自己与她的感情特别自信，选择了沉不住气，直抒胸臆。有时候友谊、爱情的脆弱都源于猜心，但当你真的有安全感的时候，其实又是非常放松的，可以像幼儿园的小朋友一样说："我不想跟你好了，你都不跟我玩！"

赛赛说，"90 后"的随性和直接让我们羡慕，他们太厉害了，每次去有陌生人在的社交活动，只要"90 后"在场，总可以撺掇别人来问我要电话。我也从他们身上学到了一些直截了当和勇敢坦然。

其实，我们不够随性和直接，还是因为害怕失败吧；不会跟陌生人说话，是怕尴尬，万一对方不接茬怎么办？前天我坐飞机回来，旁边坐着一个 1 岁左右的小男孩，他对我非常好奇，一上来就摸我的脸，整个航程都直愣愣地看着我，还要给我饼干吃。其实我们都是从 1 岁长到了接近不惑之年，要彻底无拘无束，不现实也谈何容易呢？

我也认识一些随意蹲下、随意表达情绪的人，但我自己不是那样的性格。上周四去巴黎，我又沦为了 final boarding call 小姐，但在安检队伍里，我还是不好意思插队，站在那里傻等。心想着，大不了我就赶下一班好了。我还是觉得收敛是好的品性。但我又挺追求自在，柏林的小朋友们总是劝我去 clubbing，可是我不太喜欢那种重口味的夜店环境，虽然我也颇为好奇，但他们说不动我，因为和好奇比起来，还是舒服更重要。小朋友们也说："Jane，你应该放开一点。"但做我自己，对我来说，就是一种放开。

赛赛、安东尼，说了那么多，我觉得我有自由的天性，但我并不任由自己的情绪去影响他人，我会消化，会选择性地找到信任的人去释放。

希望我们都能在散淡中不失原则，肆意时有所收敛，克制时泄露真心。

想念你们的

Jane

你谈到洒脱、任性又负责的人生，让我想了很多

-

2020-04-29

San Francisco·California·Stanford·

▸ Hi Jane,

疫情在我们的朋友圈和真实生活中都存在了太久，所以今天不跟你说这个，聊聊我的巴厘岛之行。因为疫情，我“被迫”滞留在巴厘岛一段时间。“被迫”可能说得有些矫情，毕竟是天堂般的热带海岛，但也确实是无奈之举。之前，去过几次巴厘岛都印象一般，觉得那里被过度开发，挤满了 tourists（游客），而不适合 Travelers（旅行者）。这次深入巴厘岛，体会到了很多不同。

大约 10 年前，我曾因做环保专题专程去巴厘岛采访过 John Hardy，这个加拿大的知名珠宝设计师（他有同名品牌）突然放弃了原来的城市生活，搬到了巴厘岛丛林中心。他在这里建立珠宝工坊也就算了，竟然在丛林中央用竹子建立起一座 Green School（绿色学校）。这座建筑之宏伟，让我至今印象深刻。这次在巴厘岛，我就想看看能不能再找他聊聊。结果一查，发现真是了不得，珠宝设计简直成了他的副业，他和家人在竹子之路上越走越远。

他的女儿 Elora Hardy 专门创立了一个用竹子做建筑材料的建筑师事务所——IBUKU。为了和更多的人一起将竹子建筑传播全球，她和父母还一起创立了一所竹子大学 Bamboo University（Youtube 上有学生自制的学习 Vlog，还挺动人的）。Elora 在 TED 上现身说法的视频（近 500 万人观看）我也看了，看完之后热血沸腾：不但为环保做了贡献，还改变了自己的生活节奏和方式，真是一种洒脱、任性又负责的人生啊……

我去了 Elora 工作室设计、建造的全竹子度假村 Bambu Indah。经常旅行的不幸是，我越来越难被打动。但是，我又一次被 Hardy 的作品震撼了。它深藏在巴厘岛一条普通街巷的尽头。一进门，就是一座宏伟的三层竹子建筑。竹子和自然、手工并不是噱头，而是真正深入到了血液中。这里没有可乐，只有自酿的自然口味汽水，就连洗手间垃圾桶里也用大芭蕉叶替代了塑料袋。

最独特的体验是 Bambu Indah 分为上下两个世界，如果想抵达下面河边的泳池，要乘坐一个竹子电梯（其体验之特别，需要你自己感受，我感觉像是 Alice in Wonderland 掉入兔子洞一样）！阿勇河畔的泳池也是无添加的天然泉水池，虽然看起来没有普通泳池那么透亮，但确实是百分百的天然和环保……

在 Bambu Indah，我觉得我真正到了乌托邦，这里自给自足，农田变身田园，一切都在这个小世界中循环。清风拂面，面对壮观的热带雨林，我又一次被 John Hardy 一家的勇气、意志和独特的生活方式打动。

千人千面，海岛生活也如此。你可以拥有每天宿醉、party 通宵的巴厘岛，也可以在 eat、pray、love 中洗涤心灵。你可以短暂停留，也可以像 John Hardy 一家一样真正植根于此。海岛还是不变的海岛，不同的心境、体验，全在你自己。在闭关隔离中生活的我也与你共勉，心境、体验都靠自己塑造。

Yours，in confinement，

SSS

海岛还是不变的海岛，
不同的心境、体验，
全在你自己。

◂ Dear SSS,

好久不见。

最近过得有些低迷，收到你的来信，觉得应该动动笔，让堵在胸口的千思万绪流动一下。我们谈些什么呢？就谈你说的，洒脱、任性又负责的人生吧。

2015 年圣诞节，我去过一次巴厘岛，作为一个典型的游客，住五星度假村、玩白水漂流、白天在悬崖上喝得醉醺醺。海岛对我的意义向来就是休息、调整，再满血复活地离去。但我知道，的确有不少人选择长久居住在海岛；也有不少人，去海岛是为了寻找人生的各种答案。在我的第一印象里，巴厘岛，不是印尼人的天下，而是西方人的。

你谈到洒脱、任性又负责的人生，让我想了很多。我们东亚人，从小就被教育要负责任。该念书的时候要念书，该立业的时候要立业。所以，大学毕业以后，大多数人是去找工作，在社会上一步一个脚印扎根。

而西方年轻人向来有 gap year（间隔年）的概念，大学毕业以后不着急就业，而是满世界去寻找答案。听起来很扯，是不是？一个 20 出头的年轻人，能有什么困惑？需要用一整年的时间去浪迹天涯、去寻求那些不切实际的东西？但的确有很多年轻人在人生的初级阶段，在同龄的我们正忙着实现各种梦想的时候，去追寻一些也许不会有明确答案的问题。

我有一个女性小友，从伦敦政经毕业的那年，男友提了分手。男友是瑞士小伙，也从伦敦政经毕业，说要暂时分手，去无人之境学习哲学，去寻找一些答案。小友颇为不理解地说，那是分手的借口，是 bullshit（胡说），谁会因为要思考人生而斩断情丝？好不容易从名校毕业了，不好好找份体面工作，非要去认识自己，是不是只是胆怯到还不敢离开象牙塔？

如今我丝毫不怀疑，我觉得这并不是借口。只是我晚熟，明白这些的时候，已经不知不觉困惑了经年。大多数少年都是困惑的，不明前路，没有机会认清自己，随波逐流了多年之后，才恍然大悟，扪心自问，这是我想要的吗？很多人甚至连醒悟的机会都没有，一直如蝼蚁般奔忙着。

珠宝事业发展得好好的，为什么要搬去丛林，放弃主业不觉得可惜吗？而乌托邦真的存在吗？海岛不就是用来度假的？待几天，满血复活离去。而待在那里不回来的人，是在逃避什么呢？他们真的对自己负责任吗？这样的日子，不会空虚吗？能受得了几天？这些疑问，与小友被分手时生出的疑问八九不离十，也雷同地盘旋于你我“正常人”的脑海。

人要任性地活着，终究不容易，需要能力，也需要不怕失去的勇气。事业的停滞、环境的变化、爱人的离去，都有可能是你对那个自我“负责”要付出的代价。洒脱谈何容易，有些人幸运，找到了自我、留在了乌托邦，在新的环境里获得了成就和平静。有些人左顾右盼、不尴不尬、进退两难。我总说，要浪迹天涯、野鹤闲云是很难的，大多数人都做不到。

你说得很对，千人千面，这才是健康的生活状态。但如今的社会，对人的要求太单一了，世人往往只看你是否漂亮、是否聪慧、是否成功，却无人关心你是否能找到内心的安宁。你若太自我、太偏离，就会被人 judge（评论审判），非主流向来被人叶公好龙似的神往，但向来都不好过。

我也从超大城市搬到了寂静的柏林，走进了我的乌托邦，过上了无人问津的生活。但我年少的时候，不会料到自己会有这样的境遇。我觉得自己实在是勇气可嘉，放弃了很多曾经拼命追逐的东西。接近 30 岁的时候，我独自出远门，在新西兰开了一辆房车，晃荡了一个月，那时候我才开始问自己：20 岁到 30 岁的那十年，我在干吗？我努力追求的那些东西，与真正的那个自己，契合吗？我见到新西兰那些忧伤又清醒的年轻人，真是羡慕啊，为什么他们年纪轻轻就能与自己对话？我怎么就混沌懵懂了那么久？

然而，羡慕归羡慕，不得不承认的是，无论你是大学毕业就知道要认清自己，还是大费周章、兜兜转转，人的一生只要能认识自我、忠于自我，都是珍贵的、幸运的、天赋异禀的。能过上一种死心塌地的生活，无论富贵贫贱，是否被普世认同，其实都是少数。

仔细想想，一毕业就去深山老林里思考哲学，或是功成名就之后去巴厘岛倒腾竹子，都谈何容易？但没有面包之前，就想要在那么大的世界里认清自己，可耻吗？有资格吗？负责吗？

等社会发展到一定阶段，这个世界变得更多元、更宽容、更标新立异，那些可以过上洒脱、任性又负责的生活的人，才不至于被你我这般羡慕吧？

Regards，在柏林经常一整天啥也没干的

Jane

人的一生只要能认识自我、忠于自我，

都是珍贵的、幸运的、天赋异禀的。

这样清冷的你

-

2021-02-02

San Francisco·California·Stanford.

◂ Dear **SSS,**

距上一次给你写信，都快一年了。说来也是，你好像一年都没来过欧洲了，过去你可是我认识的来欧洲最勤的人，不知道全球停飞的这一年，过去十几年常常旅行从不疲倦的你，找到平衡了吗?

我的朋友洋泽住在哥本哈根，他刚发了个朋友圈说:“现在的日子就像恐怖游轮里的剧情一样，每一天都重复着同样的剧情，吃着同样的饭，做着同样的事，开着同样的会，说着同样的话，见着同样的人，有着同样的心情，看着窗外同样的景色，经历着同样的早晨、中午和晚上。”

我回:“很快每个人都要变成 mental（精神病）了。”他回我:“咦，你还没变?”我说:“我本来就是 mental。”

我好几天没出门了，晚上扔垃圾的时候，去超市走了一圈，呼吸下新鲜空气，其实也不想买东西，就是戴着口罩，走到很少有人的地方待一会儿。我朋友说，现在超市相当于过去的 bar。你在北京，也许很难体会最近柏林这种寂静的生活，高纬度地区的冬天加上严格的 lockdown（封锁），不是 mental 根本承受不了。

拜仁州一直在下雪，铺天盖地的雪，但柏林一般下一小会儿就停了，雪也积不起来，就是那种十分干枯的冬天，很无聊。我朋友 Vincent 来我家坐了一会儿，说我家有点冷。我把地暖的温度开得很低，我依然是个上海人，不习惯家里非常热，冬天在室内还是穿着毛衣，晚上喜欢盖很厚的被子。第二次 Vincent 来，就穿上了厚毛衣，看来上次把他冻坏了。Vincent 带了德语书给我，他说自己在德国的第一年，花了很多时间学德语，希望那些书以及他标记的笔记，对我来说是一种激励。他又说，要学好德语还是很难的，即使他的母语是同语系的英语也会觉得德语比他的博士学位还难。

我每天在第二分词、反身动词、阴阳中性、二三四格、形容词变位里锻炼自己的脑力，我肯定不是一个很用功的学生，但悟性还算不错。我的德语私教是刘博士，你也认识他，他真的是一个特别好的老师。昨天我们上课，说到一个很难的语法知识，我目瞪口呆，咽了口口水。刘博士笑疯了，他站起来跟我鞠了个躬，说要代表德语，给我道歉。刘博士说，虽然他是语言学博士，学了十几年德语，现在教我，依然觉得德语很难，不知道当年自己是怎么学会的。我们总是一边学一边吐槽德语的变态、不合群、不性感，但我知道，以后我会非常怀念这段每天跟刘博士学德语的时光。

那天看安东尼的文章，Daniel问他，回了墨尔本以后会想念上海吗？安东尼说，上海是迪士尼乐园，有很多乐子，但成年人会一直想念游乐场吗？我不禁自问，我想念上海吗？

我不想念那份热闹，不想念上海的诸多乐子，但上海是我家，我想家。一年没回家了，虽然我答应爸妈每年春节都尽量一起过，但今年情况特殊，德国的防疫、旅行政策天天在变，今年春节我应该不会回上海了。

我看新闻上说前几天上海有新疫情，但很快控制住了。所谓新疫情，也就是个位数的感染者。我们这里每天好几万确诊者，也没人讨论，毫无风声鹤唳感，大家只是希望尽快解封，可以撒丫子出去玩耍和社交。

中西方对于疫情的态度，让我深深感受到世界的大不同。但其实人还是差不多的，渴望人群、渴望陌生人的气息。

我那天跟住在西班牙的许饼干聊天，她说她不是那种容易无聊的人，但这样的日子，也开始觉得有点没劲。我最近也经常能收到朋友发来的“啊，忽然不想活了”之类的微信，这种丧气话也算是释放的方式。有人告诉你“啊，不想活了”，你回“啊，我也不想活了”，然后笑一笑，继续过游轮般的生活。

我还是忙着跟亚洲区的人们一起工作，早晨很早爬起来打电话会议。热气腾腾的中国，让我有事可做，有瓜可吃，没那么颓废。但还是无聊的，我都开始帮邻居收快递了，这样我就可以偶尔接触到一些活人，哪怕他们只是来取个包裹。

我生日那天，和我约过会的古典钢琴家给我弹了一首很德彪西的生日快乐歌，他一句话没说，只是录了个视频发给我。我觉得德国男人一个个真的都蛮出其不意的，跟德语一样让人目瞪口呆。我朋友听了他弹的，问我：“Jane，你究竟怎么招他了？生日快乐怎么弹成了《月光曲》？”我说，音乐家就这样。但这份礼物，我还是买账的，所谓人狠话不多。

我有时候点几根蜡烛坐在黑夜里发呆很久，有隐忧，也有窃喜。我觉得这特殊的年份和时光，每个人都要变成mental了，但没准儿，很久以后，每个人又会开始怀念这段时光。

你过得还好吗？

看到窗外忽然飘起雪花的

Jane

给你写信时

柏林终于下了一场能积起来的雪。

这是夜里散步时看到的雪人。

▸ Hi Jane,

我还好。可能很凡尔赛，但一年不出国对我来说真的是太特殊的体验了。下周二 Marie Claire（嘉人）全球同事连线让我分享 Post-Covid（新冠疫情后）时代的媒体变化，这个话题一定下来，我才忽然意识到我们在国内的正常生活是多么特殊，而疫情对全球的冲击又是多么大。

为了这个简单的分享，总部的两个同事跟我特别约了个视频会。我以为是要过遍 PPT，但后来才发现人家要讨论的是怎样的节奏才能让我和听众都觉得舒服。说了半个小时，最终结果就是让我在视频里露脸讲几分钟，然后讲一段 PPT，这样大家会更聚精会神。这么简单的事，说了半个小时，让我一下从忙碌的节奏中抽离，好像突然掉入了欧洲生活。有些不耐烦的同时，也觉得如此人性化还是挺好的。

之前路过巴黎机场，发现路灯换成了春节版的，不知今年是怎样的。

不知是不是受疫情影响，那天突然接到Email说巴黎的老同事Elizabeth要提前退休了。虽然见面的次数不是很多，也在Email里小吵过几次，但突然听说她要走了，还是觉得很伤感。不知道这辈子还能不能见到她。然后想起那个阳光明媚的早晨，在18世纪建成的巴黎泛欧交易所门前，她开着一辆又小又有点旧的标致，接上我，然后去拜访巴黎客户。虽然车内聊的是工作，但我注意到她一直放着歌剧，她说这是她的最爱。虽然她一直谈广告、做商业多年，但我还记得每当说起设计师的设计、歌剧，她的眼睛总是放着亮光……

我习惯在周末读《经济学人》，我会先翻一遍，然后挑感兴趣的文章看，读得不耐烦了，就直接跳到最后一页的讣闻。《经济学人》的讣闻是所有媒体杂志中写得最好的，无出其右者。学人讣闻的好，第一在于人选，它不止会选择那些有名的人，还会选择有意思的人，比如研究地名最深入的英国大姐；第二是在于其中很多非常令人惊奇又动人的细节，可以让你看到一个人真实、有血肉的人生，比如它在写本·拉登时就曾写到他喜欢带孩子去海边，也爱吃拌着蜂蜜的酸奶（发表后引起很多美国读者的强烈不满)。

还记得2015年，我读到卡斯特罗的情人的讣闻时，眼泪夺眶而出。感动之余，还翻译出来分享给公众号读者们。

本周(1.31)居然发现《经济学人》有个线上对谈讣闻编辑Ann Wroe的预告。一方面非常想看，一方面也感叹真是难得的好媒体啊：什么样高素(奇)质(怪)的读者才会对讣闻编辑感兴趣啊！这样居然能作为拉动订阅用户收入(只对订阅用户开放)、流量的手段……

于是顺藤摸瓜看了一些Ann Wroe的采访。她说："我尽量在每周四知道下周要写谁。但是我要等到每周一的编辑会后才开始研究他们，因为你永远都不知道谁会在周末死亡。比如2016年春天就有很多名人陆续死去，弄得我们不知所措。我疯狂地搜索，看他们的自传，在Youtube上看他们的视频，我要浸入他们的生活中……"

作为一个开始接触商业内容的老编辑，每每看到这种术业有专攻的编辑我都觉得十分羡慕和尊敬。

不久前，我突然得知一位和我年龄相仿的前同事因意外去世了。伤感、惊愕中，也想到要珍惜当下，珍惜生活中那些重要的人和瞬间。一直想说的话尽快说，一直想做的事尽早做。

那天在朋友圈看到柏林下雪，想到你。想到你趴在窗户边，烛光倒映中，看雪花片片飘落……倒没觉得你会go mental，我反而觉得这样清冷的生活，还是挺对你口味的。

我也喜欢这样清冷的你。

Stay Calm and Carry on，

SSS

一直想说的话尽快说，

一直想做的事尽早做。

有一天，我忽然想要非常“轻”的日子

-

2021-09-19

◂ Dear **SSS,**

我也算是一个多年浸润于多重文化中的人，每每挪到一个新地方，融入得也比较快，但我依然常常会遇见“文化冲突”和“文化震撼”。这样的冲突和震撼，无法避免，难以磨灭，经常出现在现实生活中，常识和三观被震碎，被震得目瞪口呆、突破想象。

前几天有个十几岁就来德国，后来嫁给了德国人的女性朋友跟我说，有时候，真的非常无法理解“他们”。家宴的时候，她把鱼肚皮上的肉分给了客人的小孩吃，她老公很不明白她为何要那么做。他觉得应该把最好的食物分给自己的孩子，而不是跳过自己的小孩，直接给客人！

我们这种在“孔融让梨”的故事里长大的孩子，怎么会联想到，把最好的肉分给客人是不爱自己的家人呢？她在儿子的幼儿园把最新的玩具、最大的一颗巧克力分享给儿子的同学，她老公又指出，你这样会让儿子觉得你不爱他，不能把最好的让给别的孩子，更不能希望儿子也那样做。最起码你要公平，而不是给别人好的，把次的留给自己的孩子。

当我们中国人在餐厅抢着买单的时候，德国人坐在桌子旁，一个钢镚儿一个钢镚儿地数，这是你的，这是我的。他们丝毫也无法理解，为什么有人会为了买单扭打成一团。

当然，朋友聚餐 AA 制是很正常的，各付各的钱是很轻松的社交方式。对我们来说，朋友之间，你请一轮，我来下一轮，是有这样的默契的；但对他们来说，普通社交聚餐一般都是 AA，绝对不会有人忽然跳出来说："这一顿，我请！"

如果家里的食物过期了，你会带去办公室，与同事们分享吗？肯定不会，对吧？但德国人会！他们会把已经过期的咖啡、饼干等食物（当然这些食物过期了也可以吃，过期并不代表变质了）带去办公室，写上小纸条：饼干已过期，欢迎尽情享用。他们的思路是不要浪费，这些食物依然可以吃，办公室里人多，能尽快将它们解决了。但我们肯定不会那样做啊，就算要带食物去办公室，也不会挑过期的。

此外，还有迥然不同的送礼文化。

前几天我被邀请去朋友爸妈家吃午饭，去之前他再三强调不要带礼物！上一次，圣诞节我去吃鸭子，送了一个烛台，他爸妈喜欢得不得了，但内心又非常难安，觉得太贵重了。欧洲人送礼都有一个预算，圣诞节的礼物还能贵一些，平时也就二三十欧。但我一个中国人，怎么可能空手去嘛！

非商务型送礼，亲朋好友或恋人之间，我们送昂贵的礼物是表示重视、尊重。收礼的人，就算觉得礼物过于贵重，也不会觉得是对方失礼了；就算礼物贵重收下不妥，也不会觉得被冒犯了，大不了欣然接受，日后再回礼。但在德国，礼送得超越预期，真的不是什么社交美事，有可能会令人尴尬。所以“不要带礼物”，还真的不是客气一下。

我的确是非常想送朋友的妈妈一瓶香水，她好几次夸过我身上的味道，说很好闻，她很喜欢。我早早就买了，想找机会送给她。这次又受邀去吃午饭，就想着送给她。但我也真的不敢贸然行事，毕竟，那只是一个周末的午餐，不是生日或是圣诞这样的重要聚会。

因为被文化冲突“鞭打”过，我丝毫不期待送一个惊喜的礼物会收获同样的惊喜和欢欣，我还是选择提前告诉了朋友，希望他能为我铺垫一下，免得他妈妈觉得不好意思。这不仅仅是一个周末午餐的礼物，而是在这一整年找到了合适的契机，想要送给他妈妈的礼物。

瞧，送个礼都那么难。我有一个来德国二十多年的上海朋友，她十多岁就来了德国，行事风格俨然是一个 German，我问她，你 culture shock（文化冲击）的时刻多吗？她说，依然非常多。

如果搞跨国恋，与德国人谈恋爱，抛开直男与直女间的差异，文化间的差异仍然数不胜数。

前几天我看一个住在德国的博主写的一篇文章，暴风雨来临前，她怕儿子淋成落汤鸡，就拽着儿子赶紧跑回家。三岁的儿子根本不知道雷暴是什么，但看到妈妈紧张地往回跑，他也就紧张地跟着跑了。而她的德国老公则跟她说，为什么要制造恐慌？在儿子幼小的心灵里埋下“暴风雨就是怪兽”

这样的预设是不明智的。

为娘想到的，是别淋雨，会感冒；而德国爸爸想到的是，对于孩子来说，暴风雨也可以是一场雨中的派对，是中性的，是一种自然现象。

这样的例子，我写 20 页可能都写不完。

有回德国人问我怎么泡绿茶，我说，就是放在玻璃杯里，直接冲热水就行了。但面对如此没有具体数值的描述，他充满疑惑。最后还是选择查 Google。Google 说，要用 80 摄氏度的热水，茶叶在茶器里摇晃 40 秒。于是他真的拿出温度计和节拍器，控制温度和秒数。若是他们听到中国人做饭时用到的“少许盐”“少许糖”等词，可能会直接疯掉。

我刚来德国的时候，还是习惯快节奏的工作方式，期待着邮件 20 分钟就有回复，遇到德国人心照不宣的 48 小时内没回复不需要催的习惯，我一直适应不了，觉得工作完全无法开展。两小时没回复，我就自动理解为他不会回复了，于是就去找了别的解决方案。结果两天以后，他回复了。我说我早就解决了。后来收到一封几乎是勃然大怒的邮件，说我不是一个忠诚的合作伙伴。我说：“我等了你足足两小时呢！”对方说：“在我们德国，48 小时不回复都是正常的！”

现在呢，我倒是适应了德国节奏。但是跟国内的合作伙伴一起工作的时候，就有可能收到夺命连环 call。

前几天我朋友搬家，那天恰巧是周五，搬家公司到点就下班了，卡车拉着没卸下的半截家具和所有生活用品，放下他们一家六口就走了，工人挥挥手说，下周一见。她说，来德国那么多年了，以为自己可以非常淡定了，但遇到这样的事情，依然是惊掉了下巴。

接近两年的疫情，把这种 culture shock 更放大了，深入到意识形态。中国人的体面和教养是不给人添麻烦，隔离麻烦点就麻烦点吧，不要给社会添乱，不能自私。但对很多德国人来说，当他们觉得政府的封锁措施妨碍到他们日常生活的时候，就要上街游行了。

自我和大局，算是文化差异和冲突里最直观的剖面，渗透到各种行事的出发点以及思维的角度。就算我现在写着这样的“控诉”，但我还是挺享受在文化差异里奔走的，有时候就算被震得浑身散架也将其看作是认识大千世界的一个路径。

你呢？遇到过的最大 culture shock 是什么？

best，

Jane

◂ Dear Jane,

我看这封信的时候，有点忍俊不禁，我完全理解你在德国的 culture shock。这种过分 by-the-book（照章办事）的事我遇到太多了。但我想跟你分享的是我遇到的不靠谱的拉丁人。记得奥运会时，我在巴西采访，早就做好计划约了摄影师去一个岛上拍摄，他早晨到了以后说："今天去不了了，岛上有个盛大的节日。""节日？每年是固定这个时候吗？""是啊""啊？！那你做计划时为什么不考虑进去啊，昨天为啥不说一声呢？"对方居然向我投来奇怪的眼神，觉得我是另类的那一个。

采访对象也都非常随意，我采访一个巴西顶尖的艺术家，他是个大帅哥，早上开车来接我去他工作室时感觉他好像开了一夜的派对，我们握手，然后上车。我坐在副驾驶，他一边开车一边光着左脚盘上膝盖。除了担心他开车的安全性外，他居然在停车的时候开始抠脚。于是，我想到，刚握过他手的我是不是也间接握到了他的脚呢？想到这里我全程无法专心，斜眼看着他的脚。

还是在里约，采访一个音乐人，结果一进门就发现他在抽大麻，然后他也不回答问题了，说："来吧，听我唱歌，你要不要抽一口？"就是这么随意，不过那也是个非常美好的下午，在里约海岸线和奇美的山峦背景下，听海浪声和他的吉他声，我觉得生活就该这样。每天弹唱、瘫倒，然后冲冲浪。他每天的生活就是如此，活得畅快潇洒。

欧洲所有国家的人里，我最爱的是西班牙人，因为他们跟西班牙这个地界一样阳光、随性。不过感觉西班牙人都是话痨，一件事反复来回说。有次，我要在巴塞罗那办张一周的健身卡，就约朋友去健身房帮我翻译。结果一件本可以五分钟结束的事说了半小时。店员跟说相声一样："这是一张临时卡，可以用一周。但不是所有员工都知道有这种卡，如果别人不知道，你可以跟他们解释。这张卡在……放着，可以让他们查看……"说了很多很多，具体内容我都忘了，但更荒谬的是我那个中国朋友也非常有耐心地聆听，然后翻译。

我说:“他们怎么废话这么多?”他说他可能早就被同化了，都无感了……我问我在北京的西班牙好友 Juan，他说:“我们是想让你知道全面的信息，这样不好吗?”

不过，有时在国内，我也觉得有恍如隔世的“culture shock”，比如那天我就碰到一对情侣拿着手机在安静的飞机上公放电影，声音特别大，真是全然忽视旁人。

其实严格说这算不上真的“culture shock”，不过是林子大了，什么鸟都有。

Yours,

SSS

有人羡慕我看秀头排，
而我则羡慕你偏安一隅

-

2021-10-06

·San Francisco·California·Stanford·

◂ Dear SSS,

iCloud 给我推送历史上的今天，看照片发现去年的这时候我去了奥地利 Kitzbühel（奥地利滑雪胜地），而前年，正与从远方来的朋友前往柏林的湖边。

此刻我乘坐着的火车正从柏林驶向杜赛尔多夫，上一次去杜赛尔多夫还是三年前的复活节。我们常常感叹时间过得好快啊，时间似乎在全球发生疫情的这两年变得更快了。

好几个月没有通信了，除了工作，你甚少在朋友圈里透露生活。我则在朋友圈活跃着，有时候觉得社交媒体很虚空，也想要少更或不更了，但想想，我离家人朋友们那么远，由于时差等原因点对点沟通其实很难做到，所以还是在社交媒体更新一些状态吧，隔空喊话也好，总会有人期待着我的消息。有很多人问我，为什么会选择一个人住在远方？并不是因为遇见了另一个人，也不是因为工作的调遣不得不搬来，我还可以有很多其他的选择，对吗？我自己都觉得出乎意料，十几年前我就在德国公司工作，但从未想过会搬来德国生活。正式搬到柏林前，我只来过两次，开了几天会，对这个城市完全没有概念，更别谈什么情愫。

我可能就是想 being anonymous。而柏林，如此陌生、如此莫名，完全不在计划之内，连语言都不是我能熟练掌握的。听起来，有些可疑吧？我又不是做过什么大事从而动了隐退念头的人物，简而言之，还是性格使然。有一天，我忽然想要过非常“轻”的日子，不想被束缚、被关注，不想被已拥有的东西转化成的焦虑绑架，年纪越大，这样的想法就越强烈。想躲起来，听起来可能有些颓废，但我的确对“过去”的一切，没有太多留恋。命运的火车会因为人的性格转弯的，于是，我看似不经意，却又如此合情理地生活在了别处。

但我还是在朋友圈里待着，透露自己的生活，也在各种朋友的群里窥探着旧时的环境和旧友的生活。今天我在几个认识了二十多年的女性朋友群里看她们讨论着“双减”、买二手房的政策等，她们都是过去与我非常亲密、如今也依然可以推心置腹的人，但遇到这样的话题，我似乎完全插不进话了，这才意识到我们的生活路径早已分岔。

我也有早些年就移民的朋友，他们的规划似乎都比我多，要不要投资买房？要不要干点横跨海峡两岸的事业？要不要过些年再搬回去？似乎每个人都留着两手退路。有人跟我说，上海要留个房，这样会安心很多。

我觉得某处有房产不会令我感到安心或是不安心。应该是我没有孩子的缘故，总觉得一人吃饱全家就不饿了。或者，我不愿意被那种不安全感所折磨。我甚至连柏林的房价都没有打听过，也许会一辈子租房子住，身为在上海这样的大城市长大的人，如今我的生活方式似乎越来越“嬉皮士”了。有个德国朋友问我：“为什么住在这里？”我说：“Enjoy the tranquility.”他说：“邪了，你竟然用 tranquility 这个词，柏林这样的欧洲大首都，对你来说，竟然是一个村子？”而对在德国小村子里长大的他来说，上海是一个无法企及，需要吞咽口水才可以消化的彼岸。

但柏林是我的“无依之地”吗？肯定也不算是。我依然是一个有欲望的俗人，也想要拥有安全感，但是，我肯定也不算是焦虑的中年人，我没有诸多同龄人有的包袱，所以也不需要做很多准备。

疫情肆意了快两年，日子浑然继续着，但我身边很多人的人生态度都变了。有人觉得要及时行乐，有人觉得要加固安全感。

像我这样的“非主流”，总有人表示非常羡慕，过得天高云淡，没有挂牵。也铁定会被他人揣测，她为何选择漂泊？她每天都在干吗？前一阵我被一个旧相识当面质问，你正常吗？朋友圈里的你，是真实原创的吗？很多人会在朋友圈里审度别人的日子，会对别人的日子进行猜测或是审判他人到底过得如何，与那人相比，自己算是幸运？是高他一等还是太过庸俗或泯然众生？

我常常也不理解他人的想法，小到我自己的朋友圈，大到整个社交媒体和舆论。人的轨迹不一样，想法自然就会不一样。2021 年，我越来越觉得这个世界，不是一个村，完全不是平的。

有时候，我觉得像你这样在朋友圈里静默的人，也挺好。起码，别人想要揣测，根本无从下手。

赛赛，我想起我们在 Mauer park 破烂市场遛弯，Mauer park 如今被整修得焕然一新。我那天半夜经过人山人海的 Mauer Park，以为又有游行，问站在身边的警察发生了什么？警察说，只是一个平凡的周五夜晚。年轻人需要派对，需要狂欢，哪怕在瘟疫蔓延的时候。

作为一个亚洲人，面对狂欢的人群我匆匆闪开了。不理解别人，始终是人生的常态。而努力做到不 judge，也是很难的，需要自我修炼。狂欢的年轻人甩着酒瓶子很开心，我戴上口罩也闪得很快。

我想，40 岁的我，看到 Mauer park 里的那些小屁孩，虽然忙不迭地闪了，但心里是没有怪罪和批判的。

你呢？忙得只把朋友圈当成营业地点的你，觉得世界依然是平的吗？

Regards,

Jane

不理解别人，

始终是人生的常态。

而努力做到不 judge，

也是很难的，

需要自我修炼。

◂ Dear Jane,

我的朋友圈的确是“我司小广告”发布栏。不过话说回来，朋友圈现在不就是营业的地儿吗？导购发 Look，卖保险的发理财规划，我发我们拍的封面、做的专题……我原来在国外还发发 INS，现在也罢了，主要真的是太忙，每天上班、睡觉，两点一线，哪儿还有心情、时间、机遇秀生活呢？

再说，秀了，不同的人会有不同的解读，会生出不同的想法，何必呢？

不过，我还是喜欢看你发，看了，就觉得见到老朋友了，真好。哎，你又去旅游了，真羡慕……但是，我想，不会所有人都像我一样对你发的朋友圈有单纯、美好的念想。不过，这也不重要，你也不在乎，也无须在乎。毕竟，你生活在山的那边，海的那边……

每个人看问题的角度真的很不一样。

那天，公司一个新来的实习生问我："老板，您每天住在五星酒店里，晚上加班都吃什么啊？"我说："啊……老乡鸡（无比朴实无华的中式快餐）啊。"他大概一万年都不会想到我这么回答，他大概想听到的是我悠然自得地坐在楼下高级的米其林餐厅里饕餮，最差也是点 Room Service（客房服务），白手套、银罩子送进来。看他神色恍惚，我进一步打碎他的美梦——拿出我的外卖记录秀给他："你看都是老乡鸡，四个菜一碗饭，一般四十出头。如果太累，我会给自己加个菜……"

他的梦怕是真的要破灭了，会想：你混了这么多年，混到公司 CEO，时尚大刊主编，怎么还没我吃得好？

他，或者绝大多数人，都想象不到我的生活到底是怎样的。大概大家都觉得我们每天应该都是光鲜亮丽的，稍纵即逝的外露时，我的生活是这样的，但更多的是不停地开会、加班、做计划、回信息、思索、彷徨、紧张……于是，我的生活一切从简，包是最简单的布包，并没有拉链，因为那也会减慢我的速度；外卖比 Room Service 好吃又快，那就点外卖。而如果在上海，即使每天有车，我也大多会选择骑车，这样快速、环保，同时还能锻炼，一举多得。

生活真的是围城。

有人羡慕我在头排看秀，而我则羡慕你在柏林偏安一隅，闲云野鹤的生活。

这才是真的生活啊！

你提起 Mauer Park，我就很想念。我想成为 Mauer Park 里的那些小屁孩，一手拿酒瓶子，一边滑滑板，每天昏天黑地，不知时间为何物。

或者再次，成为从小屁孩身边逃之夭夭的 Jane 姨。

我想每天去买花，然后回来煮杯茶、插花……然后做菜，请朋友来吃，漫无目的地聊天、傻笑到深夜……

在咱俩准备出版这本书时，编辑催稿，我总是在忙这忙那，交不出，结果，可笑的是Jane你也交不出。我有一百个项目在火线上，你呢，大概在忙着生活。

真是可笑。

所以，哪天，我毕竟是要冲破围城的。到时，我有大把天光和精力浪费，到时，我也要把生活好好秀一秀，发到朋友圈上。

嗯，今天我换了新的花哦……

Yours，Sadly，Still Tangled，

SSS

Carpe diem. Seize the day...

有人羡慕我在头排看秀，

而我则羡慕你在柏林偏安一隅，

闲云野鹤的生活。

不要试图与瞬间的情绪和永恒的浪漫讲大道理

-

2022-10-22

San Francisco·California·Stanford.

◂ Dear **SSS,**

前几天和一个朋友在夜里打了快200分钟的电话，聊起惊心动魄的心动和始料未及的伤心。朋友说，他飞了几千公里去冲浪，走到海边，有位陌生人问他，你一个人来这里，是带着一颗破碎的心，是吗？

朋友说，知道对方无法回应同等的爱意，每天都好像被绝望吞噬着。我说，是的，醒来，心好像被挖走了一块，是一种生理的疼痛。我理解那种心的破碎，也了解失去爱的日子起初度日如年。每个人都在追求永恒的爱情，但其实，我们很明白，如果你有勇气沾染，就有可能会伤心。

我还记得我们刚开始写信那会儿，你说，一个人在加州海边，吃着冰激凌，眼前的一切，无人分享。这么多年，我们曾很多次就着酒，聊起各自的感情生活，但其实我们从未深入提及，如何处理失败的感情和心碎。

我很喜欢的电影 *One Day*（《一天》），在豆瓣上有这样一个影评：

> 女人需要一个男人，自己可以一直爱他。用这个人来保持感情的平衡，她可以对身边来来去去的男人们全都失望，却不会失去与爱情的关联和信念。她可以在其他感情里自由出入，可以不慌不忙地单身并保持心的充盈。这个男人可以中和心里所有酸碱平衡，她坦然对自己说，不是对什么都不满意，而都只是因为自己其实爱的是他，即使他早已面目全非。
>
> 男人才是需要一个女人一直爱他，男人是飞鸟，女人是巢，平日飞鸟不会停留，自由飞翔和觅食是他的天性，但他太需要一个飞累了受伤了可以坦然回去的巢。失恋失业离婚中年危机，他可以随时回巢求安慰，这个女人像一团软棉花，他觉得自己怎样都不至于摔个全死。

其实重点在于，Emma 在这些年，一个女人渐渐活得精彩，变得独立华美温润包容。而毛羽稀疏的 Dexter 不舍得，也再也不能够飞走。

我不知道，当我们谈论爱情，你作为男性，会有什么样不同的思维？一个被全世界需要的人，也需要处理心动、疏离和失去，对吗？

打开网络，每每有人迷失于爱情，就有一堆人跑出来说，认真你就输了，发小作文你就输了，你要擦亮眼睛，他如果不是怎么怎么样，就一定不爱你……总有人，试图与瞬间的情绪与永恒的浪漫讲大道理。

但我统统都不想听。

我觉得谈恋爱，是自我内心绽放的一朵盛大的烟花，你扬起头看，烟花绽放在空中，你觉得绚烂无比，哪怕烟花熄灭的时候，你知道会暂时堕入无尽的黑暗里，会难以摆脱这样的苦难。人性和爱，是非常非常复杂和私人的事情，如果觉得值得，就点亮心里的烟花。我们在爱情里的执念，也许就是想跟一个人走到柴米油盐里。但缘分那么错综复杂，爱是世间唯一纯凭执念和用心无法改变的事。有些人走到我们的生命里，化作一道白月光。我们也是，走到别人的人生里，未能走到枕边，但悬在夜空里。

但有一天，就忽然放下了，是不是悬在夜空中，也不在乎了。

朋友说，如果他不是一个对爱情那么渴望的人，会活得很自在很快乐。没错，我们如此独立，如此可以在别处找到乐子，找到成就感，如此可以抵抗得住人生的孤寂。但就是当一个人走到心里，忽然就变得那么格外孤独，也开始觉得一切充满了意义。可是，真正的爱情给予的快乐，是一个人，降临到这个世界上，可以体会的，最高等的欢愉。

我是个慢热慢散的人，谈到处理失去和心碎，我肯定不是成功人士。我的良药还是时间，我需要时间。带着一颗被陌生人都看出的破碎的心，自己出去走一走，当独自看海，也许就愈合了一些。当和陌生人谈及我的心碎，也许又愈合了一些。

我不劝朋友及时止损，悲伤适度。我也不要求自己及时止损，悲伤适度。只有不再思考把自己托付给谁，或是让别人对你负责，才可以达到一种自由。爱和不爱，都是自己的决定。

就算受伤了，我们还是可以带着一个破碎的心，夹起冲浪板，允许别人看穿我们的心碎，也让这颗广袤的星球治愈自己。

你呢？为爱心碎的时候，你会做什么？

Best regards,

Jane

允许别人看穿我们的心碎，

也让这颗广袤的星球治愈自己。

◂ Hi Jane,

那天跟一个朋友聊天，才发现她一直无比天真烂漫，对爱情有着纯洁、又跟年龄、阅历看似完全不相符地期待。她工作、生活一直任性，一生一直拿着一手好牌，但从来工作都是要为生活让路的。她找工作的首要选择考虑的不是升职、加薪，而是有多少假期、Base（总部）在哪儿？而生活的一切又为追爱让路。她坚信，会有个高富帅，任性地全心全意地爱她，娶她。

我看着她为爱等待的样子，跟她说，实际一点啊，你也年龄不小了，高富帅选择也很多，为什么会选你啊？她完全不顾我，说："嗯，我会遇到的。"

看着她如此笃信，我也被感染了。我为什么要很世俗地劝她呢？她有爱的信念也很好啊，在现在有多少人还能如此坚定，如此单纯地活在自己的世界中呢？而且，她也完全有可能会遇到啊？

回观自己，我觉得我对爱情没有她如此单纯、美好的期待了。年少时，我只一味追求心动的感觉，那时我对门当户对这种想法完全嗤之以鼻。而现在，我不那么确定了。喜欢和爱是神秘的化学反应还是有理可循的数学题？在喜欢、心动、爱恋之后是什么重要么？

面对这样一封关于“爱”的信，我五味杂陈，有很多想说，可，又不知道该说些什么。为爱心碎的时候，我更是手足无措。

我希望，还能像我那个朋友一样，心怀简单的爱，并且，奋不顾身。

Yours,

SSS

我希望，

还能像我那个朋友一样，

心怀简单的爱，

并且，奋不顾身。

没人会厌倦巴黎的，
如同没人会厌倦柏林一样

-

2023-2-18

San Francisco · California · Stanford ·

▸ Hi Jane,

我现在在巴黎时装周上，每天都很忙，不像绝大多数媒体每人坐奔驰，我更喜欢骑自行车，这样更能丈量这座城市。有次我从秀场出去，发现法国最著名的主编之一居然比我还夸张，人家是带着自行车头盔走出的秀场。来巴黎这么多次，我也对她丝毫没有厌倦，昨晚伴着晚霞，从市政厅附近跨过大半个城市去埃菲尔铁塔脚下看 Saint Laurent 的秀，看到塞纳河一撇紫金色，勾勒出中世纪巴黎的轮廓，我放下手机上的工作，好像凝视一个陪伴已久的爱人一样看看右岸的卢浮宫、协和广场。夜晚时看出去，真的好像回到了历史中。

夏天，我喜欢从 Saint Paul（圣保罗）教堂的主街上走进 Hotel de Sully。法语中的 Hotel 有好多意思，城市的 Hotel 就是市政厅（Hotel de Ville），谁谁的 Hotel 就是谁谁的私宅。

Sully 公爵曾经是国王亨利四世的前财务总长，现在这座 17 世纪大宅对公众开放。去年夏天，我就从主街上的超市买了个法棍，一些 Cheese（奶酪），然后坐在 Sully 大宅有着穿堂风的庭院看人来人往。这里其实是著名的孚日广场的入口。

孚日广场很美，自成一格。从广场一角，我会继续向北走，Rue de Turenne（蒂雷讷路）是条看上去脏乱差的街，但其实 Almine Rech、贝浩登、Thaddaeus Ropac 等著名画廊要不就在这条街上，要不就在附近一个转角。有次，一个朋友带我去了一个别有洞天的地方也在附近——OGATA。这是一个门脸不起眼，但一进去就会发现像一个迷宫一样的日式美学集合店。一层卖茶、和果子，还有美学和生活方式展览。茶室和参观分别藏在地下和二层。这里的下午茶据说一座难求，夏天，我在这里吃了一杯特别纯正的抹茶手磨刨冰……

从 OGATA 出来，再往左的一大片是日新月异的零售试验场，这里有 LEMAIRE（法国时尚品牌）的本店，还有各种精选或是独立品牌店。当然附近还有著名的红孩儿市场（Marché des Enfants Rouges），这是几年前很酷的巴黎人爱的食物市场，不过随着整个这片区域越来越商业化，我觉得这里也更游客化了。

但也没什么，我本来就是游客。我在柏林也能这样如数家珍，但柏林终归是你的家。你最喜欢的柏林 City Walk（城市漫游）是哪一段？跟我讲讲，希望今年夏天，我能按图索骥，去你家走走。

Yours，在 Madeline 的

SSS

没人会厌倦巴黎的， 如同没人会厌倦柏林一样

◂ Dear SSS,

我的朋友 Vic 前几天出完巴黎时装周的差，专门飞了一次柏林。他就住一晚，周日一早到，周一就走了。我跟他说，德国周日可哪儿哪儿都不开啊。他说，没关系，本来是要赶回上海了，但想想那么近，就还是抽一天过来。

这次他终于住去了我推荐的酒店。上一次我也推荐他这家酒店来着，但柏林这个叫 Amano 的酒店有好几家，他没仔细看，就住到了火车站边上那家，还很狐疑，我为啥推荐他住中央火车站边上？

这次他终于住到了 August straße（柏林米特区的街道）上。说起 August straße，你也应该很熟吧？我记得有一年的 Max Mara 大秀的晚宴就在 August straße 上的 Clärchens

Ballhaus，你也参加了。这个 ballroom（舞厅）经历了二战的枪林弹雨，如今还是以当初的面目存在着，底楼现在是吃香肠肘子的德式餐厅，二楼依旧是墙体满是弹孔的 balloom。每次有朋友来，我都带他们去看看那个舞厅，它曾经什么样，现在依旧什么样，走进去，你会发现时光凝固着，是一个特别“柏林”的地方，虽然我不太推荐去那里吃饭。

August Straße 上有很多的画廊和小店，安东尼最喜欢的羊绒店就在这条街上。Vic 上一次来时，我们深夜还在这条街上找了间小酒馆，里面的人都在抽烟，呛得慌，但那种气氛，好像海明威就坐在边上。Vic 十分喜欢这家酒吧的音乐，这次来还提起，他说，那个地方，和里面坐着的人，都好像是上世纪的模样。

Vic 在时尚行业工作，每天都山清水秀。但是他说，去一个地方，要认真拾掇自己一下，怕自己不够酷倒是难得，柏林就是这样的一个地方。

Vic 虽然是上海人，但灵魂属于 L.A。他是精神加州人，洛杉矶是他最爱的城市。虽然我一点都 get（理解）不到洛杉矶的好，但一个人，有一个心心念念的城市，觉得自己属于那里，想着有朝一日，总是要去那里生活的，就还是很动人。他说，你看看柏林，马路上都是好看的人，又一个个那么颓废且随意，那种粗犷硬核，让精神加州人都青睐。我说，柏林冬天每个人都穿得黑压压的。Vic说，不会啊，你看看，他们对颜色的搭配多大胆，我从未见过一个城市的人会这样运用颜色。我说，那是因为奥古斯特大街上，总是聚集中柏林最时髦的人。

你写到巴黎，我们通信那么久，还是第一次具体提到巴黎吧？

我有时候在网上看到有人嫌弃巴黎，说巴黎又脏又乱，不知道好在哪里？每每看到这样的言论，我都想，真是大可不必。巴黎虽然大众，但绝不平庸，如果在欧洲，我只能去一个城市旅行，我一定选巴黎。巴黎就是流动的宴席，这个说法虽然不再新鲜，但就是最确切的。

每次去巴黎，我都喜欢住在荣军院附近，那里有我最喜欢的咖啡馆、餐厅、街区。从荣军院走去亚历山大三世大桥，是我最喜欢的巴黎步行路线。当然，杜乐丽花园也是每次都要去的地方，杜乐丽花园总是让我词穷，好像梦一样。

我们在柏林，都没有好好一起逛过街，你下次来，我陪你好好走一走，好不好？

Regards，想念巴黎的

Jane

你开始越过越无畏，
而我， 忽然有了软肋

-
2024-2-13

·San Francisco·California·Stanford·

▸ Hi Jane,

这一年真是光速一样一闪而过了。回想上次见你还是年初，这时间过得太快，以至于我查了手机相册才确认咱们上次重聚柏林是 2023 年的 1 月 22 日。疫情三年，发生了太多变化，有很多物是人非，但好在年初见你，几个朋友从地球各角落赶到一起，大家还是一样。

我还清楚地记得我 2023 的大年初一是在 Berghain 中轰隆隆度过的。我发现自己变了。第一次来 Berghain 是 12 年前 GQ Style 创刊时，我和同事一起，因为专题想探究柏林城内人们的性情与欲望，因而在寒冷的午夜来到这个蜚声全球的 Techno 音乐圣地。现在我还清楚记得，没穿秋裤的我在冬夜中被冻得瑟瑟发抖，人们排成一线几百米长的队伍等待入场。柏林萧索的夜色中这个巨大的前发电厂的中心位置透出红光，一闪一闪的，好像这座城市的心脏一样在跳动。

我还记得，Berghain 的声音大到在排队中的我都跟着激动。进入 Berghain 全靠运气，门口的 Bouncer 大哥识人无数，一眼就看透你，只有会真正 enjoy 的人才会被放入内。我们第一次去成功了，我两个同事第二次自己去，就没进去。

这次时隔十余年，再次去 Berghain 我不再需要担心是否进得去，因为有柏林朋友跟 Bouncer 大哥混成了哥们。搞得 April 即使小高跟，手拿 LV 都能进去（Berghain 的标准 Look 是穷破）。而此次进去，我不知怎的，竟然放开跳舞了。要知道，过去几十年我从来都是害羞，跳不起来的。不知是疫情几年憋久了，还是年纪大了就放开了。反正，我脱到只剩短裤背心，挤入人群，开始先是一小步一小步地跳，然后故作镇定地看看四周，再到后来，几乎完全放松，融入音乐和电光，释放自我地跳。

2023 年的大年初一，我就是在震耳欲聋的 Techno 中度过的，跳过了大半天出来浑身湿透，身体不但不累反而觉得轻盈得像个新人。

今年伊始是在跟你的相遇中度过的，谁又能到 2024 年年初又跟你相遇了。我正好去奥地利小镇 Kitzbuhel 出差，就跟你相约慕尼黑。这次对于你真是完全新的体验，因为你做母亲了，带着刚刚满月的小 August 一起从柏林坐火车南下，你说：这是 August 第一次出远门旅行，第一次住酒店就住的是慕尼黑新开的 Rosewood（瑰丽酒店），起点蛮高的嘛！

跟你一起去慕尼黑的 Ingolstadt Village（因戈尔施塔特购物村）逛街是最放心的一天。在好像童话小镇一样氛围的街上逛，聊天都很开心。逛到天黑，整个购物村被串串星光点亮，我战果满载地回到 The Apartment 坐下，人家就端上了来自 Laduree（巴黎著名甜点拉杜丽）的马卡龙和各式咖啡、茶，当然还有香槟，居然还是 Ruinart（法国香槟品牌瑞纳特）。腔调拿到了顶点，咱们开心说笑、逗娃时，August 居然很不给面子地拉了。你无奈地看着我，说："你能想到么？我也有今天？"

一时我竟然不知怎么回答。不过，这个问题也不用回答。我想不到那个年初还在潇洒谈情说爱的 Jane，到今天眼里只有自己的宝宝；也想不到我会变成到 Berghain 跳舞过新年的男人。年龄越大，就越能直面自己。自己当然也是变化了的，两鬓开始有白发了，眼神不再明亮闪烁，但却也越来越知道自己想要什么，并活得越来越洒脱。

新年写这封信时，我正在欧洲大陆的最南端。今天，本该明媚晴朗的 Algarve（葡萄牙阿尔加维）海岸下了一天瓢泼大雨。

我想，无论怎样，在新的一年，我要更大胆，更无畏地去做我想做的……

Yours，

SSS

◂ Dear SSS,

时隔整整一年，在慕尼黑 Rosewood 大堂见到你，你站在那里，回过头伸出双手拥抱我，我忽然想起我们第一次见面时你的样子。一晃十几年过去了。上一次见到你，刚好是一年前，我们在柏林我家里一起吃的年夜饭。你说，大家还是一样。一年前，我也这样想。就算十几年过去了，我们都老了一些，又更忙了一些，但，的确，大家还是一样。一年前，我还没迈过人生的那道分水岭。

这一次，我带着我刚出生 5 周的儿子 August 一起出门。从柏林到慕尼黑，曾经轻车熟路的我，着实感受到了新手妈妈的狼狈和慌乱。这个世界，真不一样了，连一等座都没了我的容身之地。网络上的好心人告诉我，带着孩子坐德铁要订二等座，订 Kleinkindabteil（幼儿车厢），可以放婴儿车，也有 wickeltisch（尿布台）。可我怎么会知道呢？我只能蹲在狭小的洗手间里给一出门就狂拉的 August 换尿布，并单纯祈求他不要拉到衣服上。我感到震惊。长达整个孕期的“以后会不一样了”的心理建设，那一刻还是瓦解了，想象如此无力，现实教我做人。

一年前，我在 Berghain 和你跳了一整天舞。一年后，你吃完早餐来我房间看 August，我胸前沁着奶渍，黑眼圈明晃晃，连咖啡都需要你帮我打包带来。生完孩子以后，我再也没睡过整觉，也没能跟朋友尽兴地玩乐过。出了月子，我也尽量去了一些社交活动，但曲未终人未散的时候，我都着急忙慌要走了。

你说你一天也只能睡 4~5 个小时，一睁眼就是数字，每天要挣够某个数目，身为 CEO 的你才可以保证整个集团良性运作。于是你提议了这次旅行，我们都放松一下，虽然去 Ingolstadt Village 的路上，你还一直戴着耳机在开电话会。

如今我们平时都没时间购物，一起去德国南部童话氛围的小镇购物村待一天真是一个好主意。这一天的行程，对于很忙的你和很忙的我，都是一种放松。上一次和你一起逛街，还是十几年前我们在澳洲吧？别人看起来，你的工作让你过地无比 fancy，见识最前沿的时尚生活，时装周坐在头排，但你说，买东西，你并不一味地追求限量、奢华，只买适合自己的，只买自己喜欢的。你说你收藏艺术品，也不是单纯去买名家的作品，几百欧一把的椅子，你也愿意花几倍价格，大费周章运回去。这点我信，每次见到你，你都低调得很。我问你戴那眼镜是凹造型吗？你说，就是近视。任何物件，都因为实用，才得以出现。所以，以前我想不到你会来打折购物村买东西，仿佛与人设不符。但你说实惠很重要，能够这般接地气，是那种北京男孩的直和坦，才是我认识了十几年的孙赛赛。

在 Ingolstadt Village 的 The Apartment 待得很是惬意，购物村的私人导购还在跟我们介绍德国羊绒，August 就拉了。但我太没有经验，带着新生儿出门，竟然不知道要带一套替换的衣服，结果他的屎来得太凶猛，我顿时傻眼。好在我们在购物村里，The Apartment 的小姐姐立即带我去了最近的童装店，她有孩子，比我更有经验，介绍尺寸和连体衣哪种更好穿，五分钟我们就买到了一身新的，立即跑回 The Apartment 给 August 换上。

给孩子买完，还去拉夫劳伦给爸爸买了衬衣和羊绒衫。我爸嘴上总叮嘱我不要给他买东西，但每次我买的，他都小心翼翼，不舍得使劲穿。

没有August之前，我真正不曾真的长大，就算已经四十几岁，还是在父母的护佑下，过得无忧无虑。而养育之恩，曾经对我来说，就是理所当然。现在，我爸妈依然舍不得我半夜起来喂奶换尿片，他们总希望可以为我分担一切，我才得以感同身受，为人父母是如此无私的一件事，如此不求回报。而得到一点点回报，会觉得如此甜。所以，以后要多给爸妈买东西，逍遥的时候，不能自私自利只顾着自己。

你说，大家还是一样，而每个人肯定又是有变化的。我在44岁生日的当天感叹，以前那个自由自在、满世界跑的女生再也回不去了。吹生日蜡烛许愿的那一刻，我的心愿全部指向我怀里的那个婴儿。年轻时，总是揣测什么是uncontional love（无条件的爱）？如今望着怀里的August，我恍然大悟。

那么多年过去，你开始越过越无畏，而我，忽然有了软肋。

2024年的1月22号，我们又凑在了一起。我对你说，去年大年初一是我生日，是有奇迹和好事发生的一年。而今年的大年初一，刚好是你的生日，代表着又会有奇迹和好事发生。

亲爱的赛赛，来日方长，他日再会。祝愿我们，各有千秋。

Best，怀里抱着 August 的

Jane

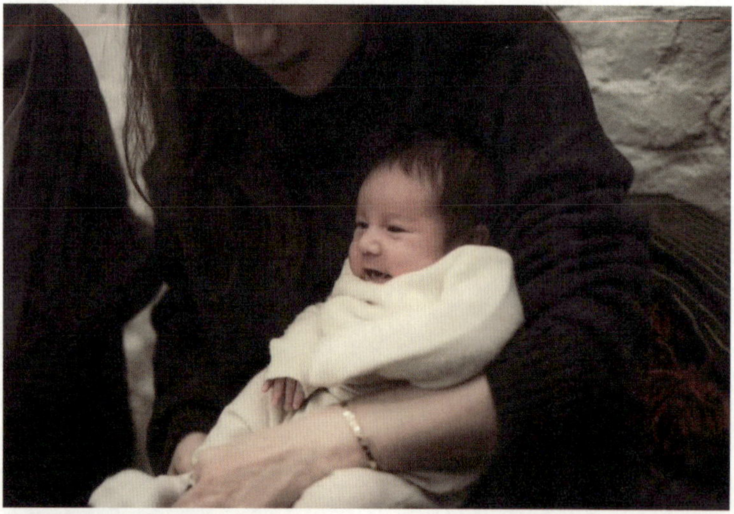

杰出的艺术也许就是
用前所未有的方式创造

-

2024-4-3

San Francisco·California·Stanford.

▸ Hi Jane

最近，我刚从香港巴塞尔艺术展（Art Basel）回来。这次虽然只有短短两三天，却安排紧密。硕大的香港会展中心的巴塞尔主场逛了，场外的画廊也去看了。这次除去中环和九龙的知名画廊，我还第一次跨到港岛山头另一边的黄竹坑。

我看《金融时报》这期间也报道了黄竹坑的兴起，这里相比中环租金要便宜不少，在中环花 20 万月租，这里大概只要四分之一就能搞定。经济压力小了，画廊大概也能活得更自我一些。

本来以为印象最深的应该是欧洲侘寂美学的代表设计大师 Axel Vervoordt 的同名画廊，看展就像看内装（不过他太极简了，内装其实也看不到什么。）；但没想到这次最让我难忘的是刺点画廊的“西亚蝶”个展。

西亚蝶是一位现年60岁的艺术家的别名。他生于陕西农村家庭，从小通过观察母亲和村里的人学习了剪纸。但他剪纸的内容让人震惊，里面充满了各种情与欲。你很难想象在那个保守、传统的时空，一个不知道自己是酷儿的人就这样大胆地创作着。你能从他的剪纸中看到一个鲜活的生命，一段动人的人生故事。

在Pearl Lam画廊同名女主人林明珠的私人晚宴上，你仿佛能碰到这次到港最重要的各界人士。如果你见过Pearl就会知道，为什么她自由不羁，散发着吸引人的磁场，她爹开的红头发和她每次的穿着都让人过目不忘。相比经营画廊，我觉得Pearl开着一家香港会客厅（她的画廊在上海也有）。

酒会漆黑一片，朋友说去年灯太亮了，Pearl今年就干脆把所有灯都关了。黑暗中，我也还是遇到了华美银行的董事长、把很多藏品都捐给了各地机构的吴建民、把比利时奢华皮具品牌Delvaux（德尔沃）卖给历峰的Jean-Marc Loubier（Delvaux全球首席执行官）……晚宴我坐的这桌一半最初来自内地，一半是本港居民，他们不是有自己的私人美术馆就是有私人艺术基金。

我左手边的 Lesley Ma 是纽约大都会博物馆的亚洲现当代艺术策展人，我问她亚洲艺术家这么多，怎么为全球顶尖的博物馆策展时，她说：从艺术家的作品中看到社会和个人的困境与思考，作品反映当代特征。“我会看艺术家是否用前所未有的方式创作……”她说她喜欢做研究的过程。我问她你自己收藏什么。她说：“我为世界最重要的收藏之一挑选藏品，我自己就不再感到特别有占有欲了。”

我若有所思地点点头，感觉自己还没有她一样的境界。但在这个物欲横流的巴塞尔开幕前夜，她这么一说倒让我感到清醒。

Yours，

SSS

◂ Dear SSS,

我朋友圈有一些从事艺术的朋友，每次我都可以从各种社交媒体，跟随他们亲临全世界的艺术展。我们的朋友April，绝对是我的艺术展领路人，每次和她相聚，我都被她安排看各类展览，去美术馆、拍卖行，她会孜孜不倦地给我上艺术课，给我介绍从未听闻的艺术家，分享她对每一幅作品的见解。我跟随她，欣赏了一个又一个展览，认识了一个又一个艺术家。

上一次April来柏林，专门和我去了柏林的The Feuerle Collection（柏林的一家私人博物馆），Désiré Feuerle先生本人，那天还专程带我们进行了一次private tour（不对外的导览）。这个柏林的私人藏馆，坐落于二战时期的telecommunications bunker（防空洞）原址，有6000平方米。你能想象吗？一个巨大的防空洞，如今里面陈列着从公元前 200 年到公元前 17 世纪的中国石雕、漆器和家具，以及公元前 7 世纪到公元前 13 世纪的高棉雕塑，与此同时，还有荒木经惟、曾梵志等艺术家的作品。想象一下，宋代皇帝的座椅旁边就是荒木经惟的摄影，是何等意想不到的组合。

The Feuerle Collection 最令我印象深刻的，除了艺术品，还有建筑本身。好像很多德国的博物馆，都会给我这样的印象，建筑本身已经足够值得到访。这个二战时期存放通信设备的防空洞，如今淌着一片静止的水面，如镜子一样映射着那些高棉佛像。这片水，源自地下水，冬暖夏凉，会随季节的转换产生波动。我从未在任何一家博物馆见过这样奇妙的景象，你来柏林的话，请一定要去 The Feuerle Collection 看一看。

Désiré Feuerle 老先生特别可爱，在他的博物馆还会经常举办一些晚宴和主题活动，今年柏林电影节，The Feuerle Collection 也是赞助商，博物馆也 host（举办）了电影节的相关活动。Désiré 活跃在各种艺术活动，我们还一同去了柏林电影节洪尚秀导演的电影首映，见到了女神于佩尔。电影非常洪尚秀风格，我俩昏昏欲睡，Désiré 有德国人的直接，散场时他说，有时候，电影和艺术一样，只要你足够出名，你就可以随心所欲不知所云。

上一次April来柏林，我们还一起去了著名阿根廷艺术家Tomas Saraceno的studio（工作室）。我看到studio里蜘蛛网装置的时候，还没有意识到，他就是我去年去巴塞罗那时，在Torre Glòries（巴塞罗那地标建筑）看到的永久性装置Cloud Cities Barcelona（云城巴塞罗那）的作者，直到在studio看到与Cloud Cities相似的装置我才联系起来，原来这位艺术家的工作室就在柏林。当天Tomas本人也在，见到他时，他正穿戴着VR设备，看到我们，他摘下设备，叫我们也戴上试试。

我是艺术的门外汉，但那一刻，得知以前旅行去过的地方，亲自爬过的装置，正出自眼前的艺术家，的确让我感受到了不期而遇的惊喜。

我和April曾在柏林的汉堡火车站博物馆看过Jeff Koons（美国当代著名波普艺术家）的蒸馏水与篮球，我当然也从门外汉的角度问过April，为什么Jeff Koons能卖那么多钱？当代艺术，可以有千人千面的理解，但有时候，是皇帝的新衣吗？也许一直“用前所未有的方式创作”，是艺术家在脱颖而出后长盛不衰的缘由。

我昨天与在柏林做画廊的朋友 Betty 聊天，我问她这两天柏林的 Affordable Art Fair（平价艺术展）值得去逛逛吗？她说，哦，大多是装饰品。我真的快笑死了，我要是这辈子发财，就去买一张 Alex Katz（美国当代艺术家）。

Best regards,

Jane

杰出的艺术也许就是用前所未有的方式创造

你讲海岸、孤单与流逝
我讲流星、逃离与永恒

眨眼间，我与赛赛通信整整十年了。这十年里，与他见面的次数寥寥无几。

我在北京住的时候，也很少见到他，偶尔约在一起，肯定是有什么工作要谈。他说，很少待在北京。除了疫情那几年，他几乎每个月都要来一次欧洲，是我认识的人里长途旅行最频繁的，行李箱几乎合不拢。不过他凡尔赛地宣称，北京的车牌倒是一举摇上了，所以买了个车，但几乎常年停在车库里。

我搬来柏林以后，赛赛倒是来我家吃过几顿饭，他歪着脑袋坐在我家沙发里，说羡慕我的生活。这些年，他愈发忙

了，常常看见他系着领结和大明星们站在一起，格外儒雅的总裁范儿，比明星还耀眼。我倒是能见到他穿着随意的样子，只是我们吃饭喝酒的时候，他还是得不停地回复工作微信，我想着，他说羡慕我的生活，应该是发自内心的。

我俩认识有些年头了，很多年前第一次在澳洲见到他，我把我爸年轻时候的照片给他看，他俩长得颇为神似，他因此一直称呼我“女儿”。我和赛赛，不算社交层面的朋友，工作上交集也不多，也算不上是笔友。我和他，就好像那种“远房亲戚”，某种疏远又神奇的缘分让我俩一见面便备感亲切，再见时也无须客套。我带他去柏林破烂儿市场，他毫不留情地说，可真的都是破烂儿。他说着一口京片子，就是那种冷不丁会挤对你一下的典型北京孩子。

虽然无数人乱点过我俩的鸳鸯谱，但我和赛赛，从来都属于那种那么远、那么近的朋友。见面的次数屈指可数，平时也不怎么交流日常生活，但我俩的信倒是写了一年又一年。

我们从未想过，要把此番书信做成一个 joint project（合作的项目），当然也不是才华的比拼。十年里，我们甚至没有太多分享过彼此生活中的点滴，也不透露痛苦或是欢愉，我不知道他彼时在世界的某个角落，他也不知道我如何无所事事地度过一天。

我们写信，分享眼前的落叶抑或告知脑海中划过的某个想法，他讲着海岸、孤单与流逝，我讲着流星、逃离与永恒。如今，这些书信打印出来，倒是可以沉甸甸拿在手里了。

距离我上一本散文集出版已经过去好几年了，我是一个不怎么积极的女作家，这些年表达欲越来越低迷，大多数时间都是日理万机的赛赛催促着我回信。好在他还一直写着信给我，不知不觉，过往十年时光里的片刻灵光得以沉淀了下来，好像流星划过夜空，被一双眼睛捕捉截取。这一封封随心而至的书信，如今有机会出版成册，印上我们的名字，我深感幸运。

我依然记得在北京飞往悉尼的飞机上第一次见到赛赛，在阿德莱德的酒庄初次相识，这份友谊淡如白水，却以如此高远清澈的方式保持着。十年了，我其实没有多少事情，坚持做了十年。

这两年，我俩的“远房亲戚”关系又有了些变化。人到中年，人生里的朋友变得更稀少更珍贵，而且，的确是因为写信，经年累月，让那份曾经神交的友谊，变成了真正亲近的存在。

近两年，我的生日都跟赛赛在一起过，疫情一结束，他就飞到了柏林，在我家吃了年夜饭，我带他去宇宙第一夜店蹦迪，那时那刻，我忽然发现，那种曾经的远，已经变得那么近。今年一月，我带着我出生才一个月的儿子在慕尼黑见到他，他抱着 August，看起来是一脸温柔的舅舅。

我前几天看到他发朋友圈，在纽约。我想起十年前，他一通电话，说，我在旧金山，从西海岸给东海岸的你写一封信吧！

时光匆匆流去，赛赛从杂志编辑变成了媒体 CEO，我定居柏林。赛赛评价我清冷，他也常是远在天边的。可我们的信，还依旧写着；可清冷的我们，始终是很温暖的朋友。

简安

2024.7.10

图书在版编目（CIP）数据

东海岸，西海岸 / 简安，孙赛赛著. -- 北京 : 北京联合出版公司，2024. 10. -- ISBN 978-7-5596-7979-6

Ⅰ. I26

中国国家版本馆 CIP 数据核字第 2024LP0066 号

东海岸，西海岸

DONG HAI'AN,XI HAI'AN

作　　者：简　安　孙赛赛
出 品 人：赵红仕
责任编辑：牛炜征
内容统筹：丁一宁
选题策划：大愚文化
产品监制：王秀荣
特约编辑：田　颖
封面设计：林　林　马瑞敏
版式设计：林　林　黄　蕊

北京联合出版公司出版
（北京市西城区德外大街 83 号楼 9 层 100088）
炫彩（天津）印刷有限责任公司印刷　　新华书店经销
字数 172 千字　787×1092 毫米　1/32　10.75印张
2024 年 10 月第 1 版　2024 年 10 月第 1 次印刷
ISBN 978-7-5596-7979-6
定价：68.00 元
